光文社文庫

だいじな本のみつけ方

大崎　梢

目次 Contents

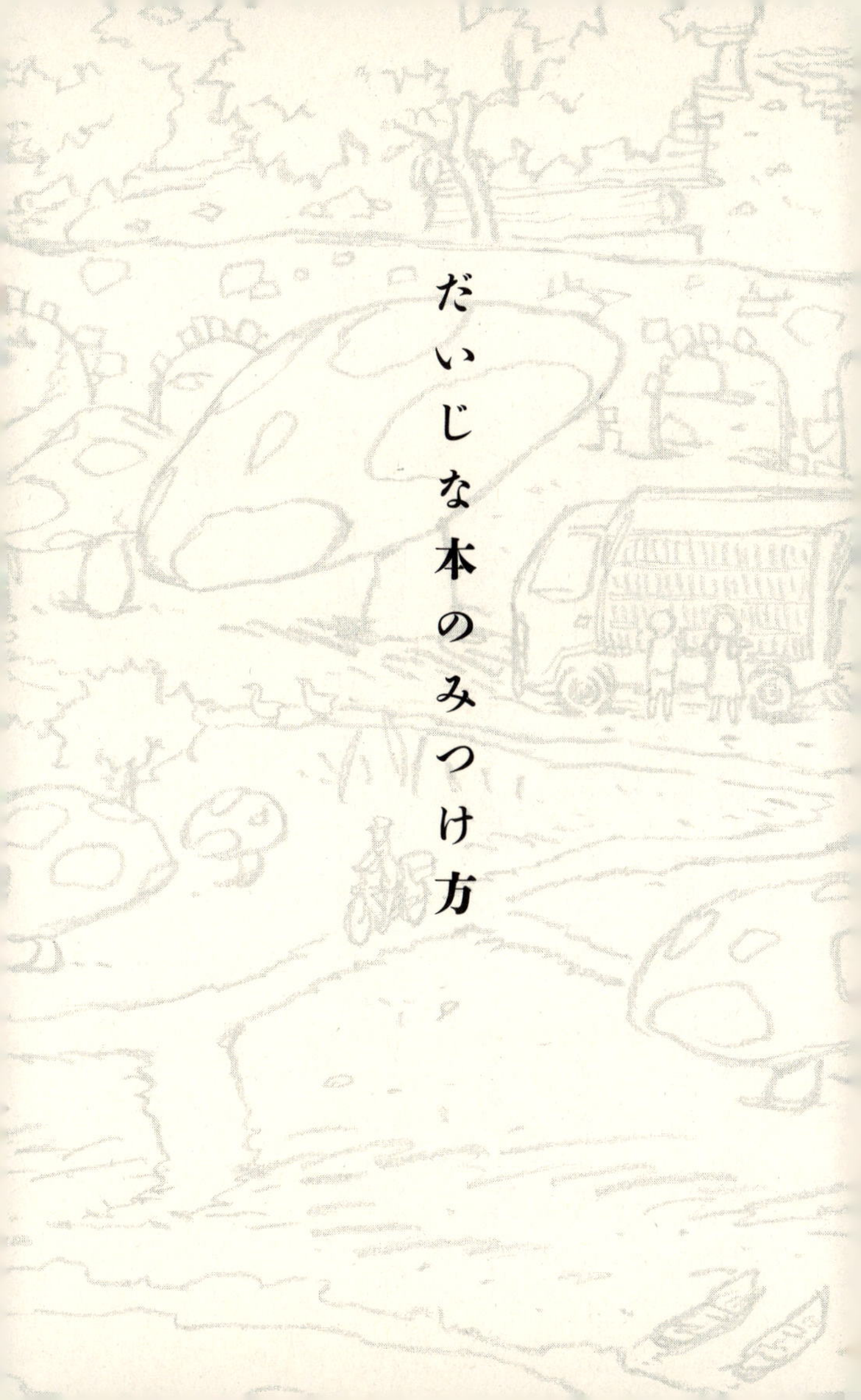

だいじな本のみつけ方

1　だれかの忘れ物

その本に気づいたのは放課後、日直の日誌を職員室に届けた帰りのことだった。

中井野々香《なかいののか》の教室は校舎の二階にある二年一組。廊下《ろうか》を歩いていると、手洗い場の角にぽつんと置いてあった。

目をやってすぐ、「あっ」と思った。よく行く本屋さんのカバーがかかっている。大きさからして文庫だろう。忘れ物？

気になったけれどそのまま通りすぎ、がらんとした教室に入る。掃除《そうじ》当番も帰ったあとだ。部活の子の鞄《かばん》がぽつぽつ見える。

いつも一緒《いっしょ》に帰ってるルナもいない。連続ドラマの再放送を見たいと言っていた。待ちきれず、先に行ってしまったにちがいない。録画してゆっくり見ればいいのに。心の中でつぶやきながら、野々香は鞄を手に廊下に出た。

さっきみつけた忘れ物は同じ場所にあった。持ち主は現れなかったらしい。

今度は好奇心《こうきしん》に逆《さか》らえない。右左を見て、だれもいないのをたしかめてから、素早《すばや》く寄って手に取った。知らない本の表紙をめくる、この一瞬《いっしゅん》がたまらない。『銀河《ぎんが》鉄道の夜』みたいな名作かな。エッセイかな。それともミステリー？

「うそっ」

思わず声が出た。新木真琴《あらきまこと》の新刊だ。

「もう出てたっけ」

本屋さんのカバーを引っぱるとすぐに外れる。ぴかぴかの表紙に描《えが》かれていたのは初めて見るイラストだ。かっこいい。自然と頬《ほお》がゆるみ、その場で踊《おど》り出したくなる。

新木真琴は、これまでに出ているものをみんな読んでるお気に入りの作家で、新しい本を心待ちにしていた。凜々《りり》しい黒髪《くろかみ》の男の子と、笑顔を浮《う》かべる女の子のイラストは、まるで野々香を手招《てま》きしているようだ。

中身もめくりたかったけれど、すんでのところで思い留《とど》まる。よその人の本だ。裏表紙にある「作品紹介《しょうかい》」を読むのもがまんして、ていねいにカバーを直した。元の場所にそっと置く。

持ち主はきっと戻《もど》ってくる。読みかけの新刊をほったらかしにできる人なんて、この世にいるとは思えない。

「私もゲットしなきゃ」

弾む足取りで階段を下り、昇降口《しょうこうぐち》から外に出た。学校から野々香の家までは急ぎ足で二十分。雨の日だけバスを利用している。まっすぐ帰るつもりだったが予定変更《へんこう》。通学路から少し外れた場所にある、商店街まで寄り道した。

いぶき市の中心街には、東と南と二本の商店街が延びている。どちらにも大きな屋根がかかり、左右にお店が並んでいる。靴屋《くつや》さん、そば屋さん、布団屋《ふとんや》さん、ドラッグストア、ブティック、喫茶店《きっさてん》。

郊外《こうがい》にショッピングモールができ、昔に比べればお客さんが減っているらしい。ところどころ閉店したままの店舗《てんぽ》もある。でも野々香の目指す「ゆめみ書店」は、入荷《にゅうか》したばかりの雑誌やベストセラーの本をたくさん山積みし、今日も活気づいていた。

いらっしゃいませ。カバーをおかけしますか。手提《てさ》げの袋《ふくろ》にお入れしましょうか。少しお待ちください。お調べいたします。ありがとうございます。

レジの前を通ると、きびきびしたやりとりが聞こえてテンションがあがる。どの通路にも立ち読み客がいて、ゆっくり本を吟味《ぎんみ》している。野々香は話題作のコーナーを眺め、初めて目にする表紙を一冊ずつのぞきこんだ。

いつもはそこから単行本売場に向かうのだけど、忘れてはいけない、今日の目当ては文庫だ。出版社ごとに分かれた棚《たな》の、だいたいの配置図も頭の中に入っている。出たばかりの新刊がどこに置かれるのかも。

新木真琴は四年前にデビューした作家で、次は相馬《そうま》出版から出ると聞いていた。千円台の単行本ではなく、数百円の文庫。野々香のお小遣《こづか》いでも買える。

発売を楽しみにしていたところ、すでに読みはじめている人がいた。それも同じ中学で。だれだったんだろう。

「早いなあ」

ちょっぴりくやしい。いや、本音ではかなりくやしい。こんなにしょっちゅう本屋さんに来てるのに、後《おく》れをとるなんて。読む前にネタバレの感想でも耳にしたら大惨事《さんじ》だ。

買って帰ろう。気合いを入れて、探しはじめた。お正月のカルタ取りの、百倍くらい真剣《しんけん》に、すみからすみまで徹底的《てっていてき》にチェック。

けれど、みつからない。おかしい。

相馬出版の文庫は、先月に出たのが一番新しいようだ。今月の新刊は新木真琴以外の、他の人の本も見あたらない。どうして？

もう一度チェックして、さらにまた一周し、途方《とほう》に暮れていると声がかかった。

「野々香ちゃん、探しもの？」

青山《あおやま》さんという、若い店員さんだ。眼鏡《めがね》をかけてほっそりとした、知的な雰囲気《ふんいき》の女の人。いつもにこやかに接してくれるので、野々香からも話しかけるようになり、今では名前で呼ばれている。

「本がみつからないんです。相馬出版から出た、新木真琴さんの新刊」

「ああ、文庫だったわね」

「ここじゃなく、他の売場かな」

「ううん。文庫ならここよ。まだ出てないんじゃない？　相馬出版なら毎月、十五日くらいに出るから、もう少し先ね」

野々香は首を横に振《ふ》った。

「さっき学校で見ました。『スリー・ベジタブル』って本ですよね」

「学校で？」

「ゆめみ書店のブックカバーがかかっていました。ここで買ったんだと思います」

青山さんは持っていた本を引き出しにしまうと、棚や平台《ひらだい》を見に行ってくれた。他の店員さんにも聞いてまわる。

「やっぱり入荷してないみたいよ」

「でも……」

「もしかしたら、先行発売した店が特別にあるのかも。出版社に聞いてみるわね」

青山さんは「オフィス」と書かれたドアの向こうに消え、野々香は心細い思いで、売場に立ちつくした。

見まちがいではない。たしかにあった。表紙だって覚えている。でも証明する術《すべ》がない。置きっぱなしにせず、もってくればよかった。けどあれは、よそのだれかの本だし。

戻ってきた青山さんの顔を見て、返事を聞く前に野々香はくちびるをかんだ。

「発売は来週ですって。まだどこでも売ってないそうよ」

返事の代わりにうつむいた。

「待ち遠しいわね。早く読みたいわ。野々香ちゃんに負けないくらい、私も新木先生のファンだもの」

青山さんの気づかいはひしひし伝わる。見まちがいだと口にしないのは大人の優《やさ》しさだ。だから顔を上げ、むりやり笑顔を浮かべた。また来ますと言って、その場から離れた。

どうしてだろう。わからない。まだ売られていない本が、なぜ学校にあったのだろう。

翌日、野々香はいつもより早く家を出て、学校に着くなり、手洗い場に急いだ。昨日、ゆめみ書店を出たときは、暗くなりかけていたので、学校に引き返すのはがまんした。でも。

「ない……」

もしかしてと期待していたのに、手洗い場には何もなかった。思い切りがっかりするが、なにしろ新木真琴の新刊だ。このままにはしておけない。

野々香は気持ちを奮い立たせ、運動部や吹奏楽《すいそうがく》部の子たちに聞いてまわった。忘れ物があった時間、校内には部活の子たちが残っていた。けれどみんな知らないと言う。昨日の放課後ぽつんと置かれていた文庫に、だれも気づいていなかった。

忘れ物係の先生にも、届いてないよと言われてしまった。

「なんかまるで……夢だったみたい」

「野々香ってば、どうせならもっと楽しい夢を見なよ」

昨日のできごとを話すと、ルナはすっかりあきれ顔だ。

「たとえば、応募した懸賞《けんしょう》に当たってかわいいワンピースが届くとか、町でばったり有名人に会うとか」

「うちの町を有名人が歩く？」

「来週発売の本が手洗い場にあるのも、ありえないことだと思うけど。タイムマシンで、だれかが未来からもって来たんでしょ？」

タイムマシン。そこまで話がいってしまうのか。他に可能性はないのか。

「野々香？」

「ううん。タイムマシンより、炊飯器《すいはんき》で作るケーキの話をしようか」

「そうしよう。それがいい。何味にする？　バナナ？　それともマーブル？」

野々香はルナに誘《さそ》われ、一年のときから「お菓子《かし》研究部」なる部活に所属している。

週二日というゆるいペースの活動が気に入っていて、これからもつづけるつもりだ。

ほんとうは図書委員になりたかった。本に囲まれ、本の世話をして、本を好きなだけ読める。小学校はずっとそれだった。でも中一の自己紹介のとき、いけすかない男子がえらそうに本についてしゃべり、図書委員に立候補したので言い出せなくなった。今、思い出しても腹立たしい。

そいつはまああの顔立ちなので、ちょっとだけ女の子にもてる。成績も悪くないので先生受けもいい。運動神経もそこそこで、そのせいかどうか、男子の友だちもいる。

そういうすべてをひっくるめて、自信たっぷりで、本のうんちくについてあることないこと語り、まるで自分こそ一番の読書家で、物語を愛しているとひけらかすところが、身震《みぶる》いするほど不愉快《ふゆかい》。

もともと野々香は本の内容について、分析《ぶんせき》するのが苦手だ。面白いなら面白いでいいじゃないか。むずかしい講釈《こうしゃく》をあれこれたれるより、物語の中に浸《ひた》る方がずっと素敵だと思う。

「忘れ物の本がどうかしたの？」

「げっ」

「おい、人の顔を見るなり、『げっ』はないだろ」

その日の昼休み、野々香から図書委員の栄光をうばいとったにくい男子、高峯秀臣《たかみねひでおみ》に話しかけられた。残念無念なことに、二年になっても同じクラスだ。

「朝っぱらから本を探してるみたいじゃないか。おれが知ってるかもよ」

無視したかったが、聞き捨てならないことを言う。

「そうなの？　昨日の放課後、手洗い場に置きっぱなしだったんだけど」

「ふーん」

「ちょっと。知ってるなら教えてよ。どうして来週発売の文庫が学校にあるわけ？」

「来週……」

秀臣は低い声でそれだけ言って、すいっと視線をそらした。とても思わせぶりだ。

「知ってるの？　それとも知らない？」

知らないなら、ぜったい内緒にしておこう。すばやく心に誓《ちか》ったが。

「新木真琴の新刊、『スリー・ベジタブル』だな」

「知ってるの!?」

「いや。でもおまえがムキになる作家は数人だ。その中でも来週となれば、新木真琴に決まってる。考えるまでもないことだ」

勝ち誇《ほこ》ったような笑みに、嫌《きら》い度が跳《は》ね上がる。

「持ち主を知らないなら、あっちに行って。しっしっ」

「あのなあ、人を犬のように扱《あつか》うな。来週発売の本が昨日の放課後、手洗い場にあった。面白いな。よぉくわかった」

「ちょっと待って。何がわかったの。どうするつもり」

「調べるんだよ、これからただちに。おれの方が知り合いも多いし、頭もいいからな。おまえより早く真実に行き当たる。謎《なぞ》が解けても教えてやらない」

「えー、ひどい」

いけすかない男どころじゃない。悪魔《あくま》か、高峯秀臣。恐《おそ》ろしいやつ。

「私がみつけた本よ。あんたの出る幕じゃない。やめて」

「だったら、情報を共有しよう」

「は？」

「手を組もうってことだ」

冗談《じょうだん》でしょう。にやりと笑うその顔に、力いっぱいパンチをくらわせてやりたい。

でも、すんでのところで思い留まった。

大嫌いながらも、秀臣はなかなか使える男ではある。なにしろ野々香より有名人だ。顔が利《き》く。プライドが（無駄《むだ》に）高いので、いったんやると決めたことはとことんやりぬく。

ということは、発売前の本の謎が突《つ》き止められるかもしれない。もしかして便利？

「抜《ぬ》け駆《が》けは禁止だからね」

「もちろん」

「フェアプレイを守ってよ」

「おれはそういう男だよ」

どこが！　新学期早々の自己紹介で、図書委員立候補は抜け駆けだって。

むかっ腹をおさえ、野々香はできるだけすました顔で、しょうがないなあと肩《かた》をすくめた。

こんなの相手に、いちいち怒《おこ》っていたのでは身が持たない。クールに、クールに。

「決まりだな。細かいところを聞かせてもらおう」

「えーっとね」

「言っておくが、ていねいにわかりやすく、だけじゃなく、言い忘れのないようにな。実は犯人は双子《ふたご》で、とか、実は透視《とうし》能力があって、とか、アンフェアなミステリーの落ちみたいになるのはやめてくれよ」

やっぱり腹が立つ！

それから野々香は前の日の行動を、職員室に行く前から、自宅に帰って宿題をやり始めるまで、ことこまかく言わされた。

校舎の二階にあるのは二年生が使う四教室と、角を曲がった先にある音楽室と家庭科教室と理科室だ。手洗い場は二組と三組の間にある。

秀臣は何度も野々香が本をみつけた時間を確認《かくにん》し、同じ頃学校に残っていた人を、他の組の分まで聞いてまわるという。そこは頑張ってほしいが、ゆめみ書店の青山さんに、あらためて話を聞きに行くというのは止めた。

秀臣もまた青山さんのファンなのだ。口実にちがいない。

「ゆめみ書店に入るのは来週よ。だれがどう聞いても変わらない」

「確認するだけだ」

「今週は忙しいみたいだから、同じことをしつこく聞くと、きらわれると思うな」

「え？」

「入ってない本のことを、何度も説明するのは楽しくないだろうし」

「そうか。そうだな」

珍《めずら》しく素直《すなお》に秀臣はつぶやき、野々香は心の中で親指をぐっと立てた。じゃましてやった、というので嬉《うれ》しくなるのは、ちょっと子どもっぽいけどね。


日が暮れるまで校内で聞き込みにあたった秀臣は、翌朝学校で顔が合うなり、野々香に一枚の紙切れを差し出した。

「おまえが見たのって、これか？」

受け取って息をのむ。そこには、手洗い場でみつけた本の表紙が印刷されていた。驚《おどろ》きのあまり、泣きそうになる。ほとんどの人に見まちがいと決めつけられたのだ。野々香が一生懸命《いっしょうけんめい》になればなるほど、薄笑《うすわら》いを浮《う》かべたり、困った顔になったり、曖昧《あいまい》に話をはぐらかす。どうでもいいと言い捨てる人もいた。

けれど夢でも幻《まぼろし》でもなかった。イラストもタイトルロゴも著者名の位置もそっくり同じ。

「これ、どうしたの？」

「ネットでみつけたんだ」

「ああ。そうか」

うっかりしてた。発売間近になると、たいていの本が表紙をネットに公開する。先週まではなかったけど、ここ数日で載《の》ったのだろう。

「もしかして、わたしが見たのも、こういうネットからの印刷物だと思ってる？」

「可能性はあるよな。どう？」

「ぜんぜんちがう。見た目は同じだけど、本物の文庫に、本物の表紙がついていたの。ぴたっときれいに、少しのぶれもなく。そうだ。帯も巻いてあった。赤い帯」

本の外側にくるりと巻いてある、幅、五センチくらいの細長い紙が帯だ。内容紹介や、買いたくなるような煽《あお》り文句が書いてある。『スリー・ベジタブル』の装丁《そうてい》は、全体的にさわやかな緑色だったので、鮮《あざ》やかな赤い色が似合っていた。

「ふーん」

「信じない？」

「いや、本物だろうな。そう思うよ」

「ほんと？」

「他のやつならともかく、おまえならまちがえないだろ」

びっくりして、かたまる。だれかに言ってほしかったセリフを、まっすぐ口にされた。

あわわ。胸が勝手にどきどきしてくる。

まて。ちがう。落ちつこう。

野々香がどれだけ本好きなのか、そりゃあ秀臣はよく知っている。

図書委員にはなりそこねたけど、結局図書室に行かずにはいられなくて、一年のときから入り浸《びた》っている。おかげでそのへんの委員より蔵書にくわしい。「図書委員会便り」というプリント作りの手伝いもしてるくらいだ。

新しく入った本を、秀臣と取り合うのはいつものことで、感想をめぐる口げんかは日ましに派手になっている。まわりはすっかりなれっこだ。

野々香は深呼吸して、もう一度紙切れをよく見た。かさかさした手触《てざわ》りに、ふと記憶《きおく》がよみがえる。

「そうだ！」

「なんだよ、急に」

「文庫の上にかかってた本屋さんのカバーは、ぴったりサイズじゃなかった。ぶかぶかだった。ひっぱったらすぐに外れたもん」

「それが？」

「他の本にかかっていたのをはがして、新木真琴の新刊にセットしたのかも」

秀臣の顔つきが変わる。

「ということは、ゆめみ書店で買ったとはかぎらない？」

とても簡単な種明かしだ。カバー一枚で、買った店を決めつけてた。思い込《こ》みって恐い。

「青山さんが言ったとおり、商店街の店にはまだ入ってない。よそで手に入れ、カバーだけ付け替《か》えたのね。でも、よそってどこ？」

「ほんとうに、店で買った本か？」

秀臣の言葉に、またしてもハッとする。目から鱗《うろこ》というやつだ。

「もしかして、どこにも売ってない本？」

「ああ。本屋に並ぶのが来週でも、じっさいにはもっと前に完成してるよ。なんでもそうじゃないか。工場で作られ、トラックで運ばれ、問屋を経由して店に届く。本も同じだと思う。発売日より前に刷り上がっている」

タイムマシンより現実的な話だ。まだこの世にないというわけではない。どこかにあるのなら、それを手に入れることは可能だろう。でも。

「うちの学校に、印刷屋さんの子っていたっけ」

「印刷屋じゃなくてもいい。けど問題はそこだな。新木さんの本を出しているのは東京の出版社だ。この町に関係者がいると思うか？」

「ううん」

「だよな」

いぶき市は東京から離《はな》れた地方の町だ。学校のまわりには住宅街もあるが、田んぼや畑の方がずっと広い。名産品はビワと山芋《やまいも》と茄子《なす》。ローカル情報誌や郷土史の本を出す小さな出版社はあるが、人気作家の文庫とつながりがあるとは思えない。

「とにかく、おとといの放課後、学校にいた人間をリストアップする。その中から、日《ひ》頃《ごろ》、本を読んでいるやつをしぼりこむ」

「書店のカバーをかけたのは、きっと中身を見せびらかす気がないから。持ち歩いて、ふつうに読むためだろう。だから、それなりの読書家だよ」

「読んでるやつ？」

もう一度、なるほどと思う。残念だが本をまったく読まない子もいる。漫画《まんが》や雑誌だけの子もいる。積極的《せっきょくてき》に小説を読む子はけっして多くない。探し出せるかもしれない。

あの文庫の持ち主が、手に入れた新刊をいち早く読もうとした、という想像は野々香の心を明るくした。

どこのだれかはわからないが、新木真琴のファンであってほしい。


そして土日をはさんだ週明けの月曜日、移動教室で理科室に行った帰り、野々香は秀臣に呼び止められた。

「今のところ、あやしいのは五人。直接当たるから、おまえも協力しろよ」

差し出された紙には、名前とクラスが書いてあった。女子が三人、男子がふたり。なんとなく顔が浮かぶ子もいれば、まったく知らない子もいた。全員、よそのクラスだ。

「例の放課後、校内にいたらしい。加えて、本を読んでいるのを見かけたことがある、という目撃《もくげき》情報も得た。それ以上は、さぐりを入れられるような知り合いがいなくて。本人に直接聞くしかない」

「聞いても、話してくれるかな」

この前の秀臣の言葉に、野々香はあとから引っかかりをおぼえた。謎の人物は、中身が見えないよう、書店のカバーをかけた。それはつまり、発売前の本を持っていることを、だれにも知られたくないということでは。

秀臣も同じことを考えていたらしい。

「おまえが手洗い場でみつけた本の持ち主をおれが捜しているのは、まわりに隠《かく》していない。むしろ積極的にふれまわっている。自慢《じまん》じゃないが、おれは何かと目立つ男だ。注目を浴びやすい。いろいろ噂《うわさ》は広まっているのに、名乗り出るやつがいないのは、秘密にしておきたいんだろうな」

野々香の心に後悔《こうかい》がよぎった。秀臣と手を組んだのは失敗《しっぱい》だったのかもしれない。少しでも繊細《せんさい》だったり、内気だったりする人は、こんな図々《ずうずう》しい目立ちたがり屋に関わりたくないだろう。

カバーをかけてひっそり読書を楽しんでいるとしたら、それがどんな本であれ、たいへん申し訳ない。

「知られたくないのなら、聞いても、はぐらかされちゃうかもね」

「そうさせないよう、手を打つんだ」

は？

「おれとおまえで退路をふさぎ、追い詰める。その上で、きっちり吐《は》かせる」

なんの話だろう。得意げににやりと笑う秀臣は、まるでスパイ小説の凄腕《すごうで》エージェント気取りだ。

でも、まったくちっとも凄腕ではないし。エージェントでもないし。第一、相手は敵とはちがうじゃないか。

とても気が進まなかったが、秀臣だけにまかせるのも不安だ。万が一、持ち主がみつかったとき、相手がどういう気持ちなのかを考えることなく、聞きたいことをすべて聞き出そうとするに決まっている。

一年生の冬、担任教師をみまった不幸を野々香は思い出した。その先生は二十代後半の男の先生で、不器用だけど人のいい数学教師だった。見かけによらずロマンチストでもあった。

学生時代、友だちと一緒に文芸の同人誌を作っていたらしい。それを知った秀臣は、どうしても読みたいとせがみ、見せてもらうが早いか、すぐに読破し、いつものように講釈をたれた。みんなの前で、えらそうに。

けちょんけちょんにけなしたわけじゃない。どちらかといえば褒《ほ》め言葉が多かったように思う。でも、上から目線のぬるい賞賛であり、秀臣なりにいろいろ気をつかって悪く言わずにいることを、みんな感じ取ったと思う。これではけなしているのと同じだ。

中一の教え子に、自分の小説をもてあそばれ、先生は真っ赤になって、すごく恥《は》ずかしそうにしていた。秀臣に同人誌を渡《わた》したのが致命的《ちめいてき》なミスではあるが、そのとき、「だれにも内緒だよ」と言っていたのを野々香は聞いていた。

あとから抗議《こうぎ》してやると、秀臣はぬけぬけとこう言った。

「書き手とは、自分の作品を読まれたいと願う生き物だよ。先生だって、第三者の評価を得たかった。多少、気恥ずかしくたって、嬉しいに決まってるだろ」

生き物ときたよ。そして先生は「書き手」か？

気の毒な先生は、小説のタイトル『たそがれ広場』をそっくり当てはめられ、あれ以降、「たそがれ先生」と呼ばれている。

新たなる犠牲者《ぎせいしゃ》を出さないためにも、野々香は秀臣の偽物《にせもの》エージェント活動に立ち会うことにした。

呼び出すのは昼休みにふたり、放課後に三人。長引いたら、あとの子は翌日にまわすというスケジュールだそうだ。秀臣の立てた作戦は、彼の人格そのものに似て単純で荒っぽかった。

女の子は野々香が呼び出す。男の子は秀臣が呼び出す。場所は人通りの少ない移動教室のそばか、体育館に通じる階段の近く。あるいは中庭の池のほとり、焼却炉《しょうきゃくろ》の手前にある物置小屋のかげ。

放課後にみつけた謎の文庫の話をして、持ち主は君だねと最初から決めつける。相手が何をいっても取り合わず、落ちついて、実は目撃者がいるんだと告げる。そしておだやかにほほえみ、秘密の暴露《ばくろ》を促《うなが》す。

つまり、はったりだ。目撃者をでっちあげ、言い逃《のが》れできないと脅《おど》してから、白状するように詰《つ》め寄る。

こいつが将来警察官にならないよう、神さまに念入りに祈《いの》らなくてはならない。

「そんなんでうまくいくのかな。とぼけられたら終わりだよ」

「だから、気合いを入れて一発勝負に出るんだよ。おまえも心して当たれよ。呼吸が肝《かん》心《じん》だ。おれが睨《にら》みをきかせ強い物言いをしたら、おまえは静かなフォローを入れ、反対におれがやさしく諭《さと》すように話したら、感じ悪くガツンとぶちかませ」

「ぜったいやだ。どうせ女の子にやさしいことを言うつもりでしょ。私だって嫌われたくないもん」

「バカ。目的を忘れるな」

だれがバカだ、だれが。秀臣のせいで貧乏《びんぼう》くじを引くのはまっぴらごめん。思惑通りになんかしゃべってやるもんかと思いながら、野々香はしぶしぶ、リストアップされた女の子のひとりを家庭科室に呼び出した。

口を利くのは初めてだが、顔くらいは知ってる子だ。家庭科室の前に野々香だけでなく、秀臣がいるのを見て興奮した。

「わあ、びっくり。ちょっと、どういうこと。ふたりは付き合っているの？　いつから？　きゃーすごい」

「ちがうよ、ちがう」

冗談じゃない。彼女の早とちりを否定するのに時間がかかり、本題に入っても話が噛《か》み合わない。

「なんの本？　アキラってだれ？　アキラじゃなくアラキ？　いたっけそういう人。ピン？　それともグループ？　え、芸人さんじゃないわけ。だったら歌手？　やだ、わたし、芸能人だとばかり思ってた。タレント本しか読まないもん。今までに三冊くらい？」

本を読んでいるところを見かけられたということは、めったにない瞬間を、目撃した人がいたということか。

秀臣もがっかりしたようだが、野々香も疲《つか》れた。昼休みはひとりだけでギブアップだ。

気を取り直し、放課後はリストのふたり目、四組の女の子に中庭まで来てもらった。けれどこれが最初から気まずい。警戒心《けいかいしん》たっぷりに野々香と秀臣をチラ見し、目が合うとさっと下を向く。

まったく知らない子だったので、とにかくわざわざきてくれたことに礼を言った。呼び出してごめんねとぺこぺこ頭を下げる。

秀臣は居心地《いごこち》悪そうに口をつぐみ、いつまでたっても自信満々トークが出てこない。仕方なく、野々香が話を切り出した。

「えーっとだからね、ひょっとしてあの本、前川《まえかわ》さんのじゃないかと思って」

おそるおそる口にすると、前川さんというその女の子は、「キッ」と音がするような激しさで顔を上げた。野々香を睨みつける。ひとえまぶたの小さな目が刃物《はもの》のように鋭《するど》く、怒《いか》りのオーラを叩《たた》きつけられる。恐い。

できれば秀臣のうしろに隠れてしまいたかったが、その秀臣もすっかり腰が引けている。ほんとうにたよりにならない男だ。

「あの、前川さん？」

「わたし、そんな本、持ってない」

「ちがった？　だったらごめんね。でも前川さんみたいな女の子が、鞄にしまっているのを見た人がいて」

「うそ！」

はい。嘘《うそ》です。どこかの大馬鹿者《おおばかもの》が考えた大嘘です。

「どういうつもり？　あなたたち、わたしに何が言いたいの？」

「いや、その」

「言いたいことがあるなら、はっきり言えばいいじゃない。わたしがラブリー文庫を読むのはおかしいって。どうせ笑ってるんでしょ。いくら読んだって、わたしみたいなのがお姫《ひめ》さまになれっこないし、王子さまも現れないって！」

え？　なんの話？

うろたえて視線をさまよわせると、秀臣も目を丸くしている。

「前川さん、ちょっとまって。ラブリー文庫って……」

「ふたりしてこんなところに呼び出して、もっと他のを読めとすすめたいんでしょ。よけいなお世話よ。ほっといて」

野々香の脳裏に、ふりふりドレスをまとったかわいい女の子が、にっこり微笑《ほほえ》む表紙がよぎった。ピンクのお花やハートにとりまかれ、かっこいい男の子も描かれている。

絵になるお姫さまと王子さまが、めくるめくゴージャスな恋《こい》物語を展開するのが、夢見る女の子の憧《あこが》れレーベル、ラブリー文庫だ。

思い切り動揺《どうよう》しながら、野々香は前川さんの愛読書を今知った。

まずい。すごくまずい。

「私も好きよ。『マジカル円舞曲《ワルツ》』や『金色のスピカ』、ずっと読んでるもん。他の本をすすめたいわけじゃないの。新木真琴さんの新刊を、いち早く手に入れたのがだれなのか、知りたいだけなの」

「どうして？」

えーっと。だから。

「なんていうかその、う、運命を感じたの」

前川さんの小さな目に、きらめきが宿る。

「もし本の持ち主が女の子なら親友になれる気がするし、男の子なら――」

なんだろう。

「わかった、赤い糸で結ばれているのね」

「そ、そうかもね」

まさか。そんな恥ずかしいコト。と思ったけれど、前川さんがやさしく頬《ほお》をゆるめたので、野々香も微笑む。

「でも、あなたにはいるんじゃないの？　運命の人って。ほら、となりの」

ぼさっと突っ立っている秀臣のことを気にするように目配せするので、ここぞとばかりに否定した。

「私は人としてもっと誠実で、寡黙《かもく》で、シャイな人が好みなの」

何もかも、秀臣と正反対な人こそ、理想のタイプだ。


力を込め言葉をつくして弁明《べんめい》したので前川さんの誤解はとけ、機嫌《きげん》も直してくれた。野々香と秀臣は笑顔で手を振り、中庭をあとにした。

「あーあ、しかし驚いたな。ラブリー文庫が出てくるとは」

「言っとくけど、前川さんがどんな本を読んでいるかは内緒よ。プライバシーなんだからね」

「わかってるよ。当たり前だろ」

どうだか。厳しく目を光らせてやらねばと、野々香は強く、心に誓《ちか》ったのだった。


この日は気力を振り絞《しぼ》り、リストにあった男の子のひとりにも話を聞くことにした。

「囲碁将棋部《いごしょうぎぶ》」に所属し、放課後も、来《きた》るべき大会に備えていろいろ忙《いそが》しいとのことだったが、なんとか焼却炉のそばまで来てくれた。

それはありがたかったのだが、挙動不審《ふしん》だった前川さんとは真逆に、どっしりした体格のまま、やけに悠然《ゆうぜん》と構えている。そして、新木真琴の名前を聞いたとたん、鼻で笑った。せせら笑うというやつだ。

「君たち、ああいうのを読んでるの？　ぼくはダメだ。とてもじゃないけど受け付けない」だと。

文学性の高い作品が好みというのは構わないが、エンターテイメント小説を下に見るのはゆるせない。中身がスカスカの子どもっぽい話で、時間の無駄とまで言われ、野々香も秀臣も切れてしまった。

盛大《せいだい》な口論のあげく、相手が男子だったので秀臣ととっくみあいのケンカになりかけ、騒《さわ》ぎを聞きつけ飛んできた先生や、図書委員の子たちに止められた。さらに、何をやってるんだと叱《しか》られてしまった。

まったく、ほんとうに何をやってるんだろう。

翌日の昼休みは、トータルで四人目にあたる女の子に、野々香から声をかけた。その子は秀臣とだけ話したいと言い出したので、適当な場所に移動したのち、秀臣にまかせた。

教室に戻ってきたときの冴《さ》えない顔からして、結果はだいたい察せられた。

「思わせぶりなことをいろいろ言うんだけど、『スリー・ベジタブル』は読んでないよ」

その日はついに新刊の、ほんとうの発売日だった。登校時には本屋さんが開いてないので買えていなかったが、出版社のサイトをのぞくと「お試《ため》し読み」のコーナーができていた。

秀臣は目を通したらしい。野々香は中途半端《はんぱ》がいやでまだ見ていない。

「冒頭《ぼうとう》の場面を尋ねたら、なにひとつ合ってない。がっかりだ」

女の子は秀臣に気があったのかもしれない。親しくなるきっかけがほしかったのだろう。本の趣味《しゅみ》は知らないが、男の趣味は野々香とまったく異なる子だ。

リストの四人目までが空振りで、疲労《ひろう》感は大きかった。放課後はさっさと帰ってしまいたい。早く本屋さんに寄りたい。でも、何かとしぶとい秀臣が、五人目を図書室前に呼び出した。

現れたのは初めて見る男子だった。となりの二組だそうだが記憶にない。印象の薄い、あっさりとした顔立ちのせいだろう。次に廊下ですれちがっても、覚えている自信がない。無視してごめんねと、今からあやまりたい気分だ。

性格もおとなしいらしく、急な呼び出しに怒りもせず、「何か用事？」と小声で尋ねる。相手次第で態度を変える秀臣は、がぜん元気になった。手洗い場でみつけた文庫、持ち主は君だろうと高飛車《たかびしゃ》に言う。にせの目撃者情報も、悪びれることなく突きつけた。するととなりのクラスの子は唇《くちびる》をきゅっと結ぶ。ガツンと反論してかまわないのに、眉《まゆ》を寄せて困った顔になるだけだ。

「やっぱりそうなんだね。君のだね」

今までにない展開に、秀臣がたたみかける。相手は顔を伏《ふ》せ、沈黙《ちんもく》が流れた。

ここから先、どうなるんだっけ。打ち合わせの範囲外《はんいがい》だ。

「おい、黙《だま》ってないでなんとかいえよ」

秀臣が強気に出た。

「どうして発売前の本を持っていたのか、理由が知りたいだけなんだ。秘密にしたいなら、だれにも言わない。約束する」

となりのクラスの子が顔を上げた。野々香はいそいで例のリストを見た。

名前は荒木浩一《あらきこういち》とある。

「ほんとうに言わないでくれる？　あんまり知られたくないんだ」

「うん、わかっているよ」

秀臣が間の抜けた声を出し、野々香はまばたきする。まさか。まさか。

この、なかなか顔が覚えられそうにない、ふつうの、特別なことが何もなさそうな男の子が、文庫の持ち主？

「あれは叔父《おじ》さんからもらったんだ。読んでる途中で置き忘れた」

「おじさん？」

「父さんの、弟」

「どうしてその人が、発売前の、新木真琴の本を？」

「叔父さんが、新木真琴、本人だからだよ」

何も考えられない。「本人」って、なんだっけ。荒木くんの叔父さん。荒木と新木。

「え――――！」

2　憧《あこが》れのお仕事

あの、新木真琴の新刊、まだ発売前でどこの本屋さんでも売られていない本が、なぜか学校の手洗い場にあった理由。それは考えもつかないものだった。

となりのクラスの男子、荒木浩一の叔父《おじ》さんが、新木真琴本人だったから。

野々香は商店街の真ん中で立ち止まり、ほーっと大きく息をついた。

学校でもさんざん、「うそ」「信じられない」をくり返し、浩一にいやな顔をされた。今にも逃げ出すそぶりを見せたので、あわてて興奮を抑《おさ》え、平静を装《よそお》った。

感じの良いほほえみも添《そ》えたつもりだが、どうだっただろう。よく覚えていない。

騒《さわ》ぐなという方が無理なのだ。売れっ子作家の甥《おい》がいぶき中学校にいた。甥だからこそ、発売前の本を持つことができた。

夢のようにすごい。感動に浸《ひた》りながら歩き始め、野々香が次に足を止めたのは、本屋さんの前だった。

おそるおそる中をうかがう。今日ばかりは、青山さんと顔を合わせたくない。新木真琴について、内緒《ないしょ》という約束をしているからだ。話したくても話せない。

店に入り、うつむきがちにフロアを横切り、文庫コーナーで新刊台を見まわした。すぐに目当てのものをみつける。『スリー・ベジタブル』だ。主人公たちが決めポーズをとる表紙を見て、涙《なみだ》ぐんでしまいそう。

放課後に置き忘れられていた本をみつけた日から、長い旅をしていた気分だ。謎《なぞ》を解き明かす前に発売日が来てしまったが、ぎりぎりのところで持ち主を探し当てた。真相にたどり着いたのだ。

野々香は深呼吸してから、手に取った。

「いらっしゃいませ」

聞き覚えのある声に顔を上げると、通路の向こうに青山さんがいた。ブックカートを押している。そこには梱包《こんぽう》された雑誌が山積みだ。

挨拶《あいさつ》だけで寄ってこないところを見ると、忙《いそが》しいらしい。野々香は文庫を持ち上げ、表紙を見せた。「これ、買っていきますね」というアイコンタクト。伝わったのだろう。

にっこり笑って通りすぎた。

ほんとうは追いかけて話したい。驚《おどろ》きを分かち合いたい。人気作家の甥《おい》がいぶき市にいるなんて。青山さんだって、想像もしていないにちがいない。打ち明けたら、きっと目を輝《かがや》かせてくれる。手に手を取って、フロアの真ん中で踊《おど》り出したりして。

と、ここまで考えて、野々香は重大な忘れ物をしている気持ちになった。なんだろうと首をひねり、はたと思い出す。

秀臣だ。ちっとも重大ではないが、あの男のことをうっかり忘れるとは。新木真琴の甥というインパクトはさすがだ。

感心しながらさっきの、学校でのやりとりを思い起こす。図書室前の廊下《ろうか》で、浩一から衝撃《しょうげき》的事実を聞かされ、野々香はびっくり仰天《ぎょうてん》、ついつい大きな声を上げてしまった。じっとしてられなくて、意味もなくその場で足踏《あしぶ》みした。万歳《ばんざい》も、したかもしれない。

あのとき、秀臣はどうだっただろう。

記憶《きおく》があやふやで、すぐには思い浮《う》かばない。落ちついて冷静に、細かい記憶の断片《だんぺん》を拾い集め、野々香は本日二度目の驚きにかられた。

なぜなら、秀臣はとても静かだったから。野々香のように騒ぎもせず、興奮もせず、ほとんどひと言も発しなかった。そして、まっすぐ家に帰って行った。

おかしい。あまりにもおかしい。

新木真琴がお父さんの弟、という浩一の告白は、おそらく秀臣にとっても予想外の展開だ。開いた口がふさがらないくらい、呆然《ぼうぜん》としたのはわかる。でも、それきり黙《だま》り込《こ》むのは、あの男らしくない。

今頃どうしているのだろう。ひとりで驚きを嚙《か》みしめてる？かもしれない。でも今日は、新木真琴の新刊の発売日でもある。本屋に寄るのは自分と同じくらい、秀臣にとっても当然のはずなのに。

翌日、野々香は学校に着くなり秀臣を観察した。

いつもと変わらないようでいて、ときどきひどくぼんやりしている。だれかに話しかけられてもすぐには答えなかったり、休み時間、頰杖《ほおづえ》をついて外を眺《なが》めていたり。初めて見る光景だ。

いったいどうしてしまったのだろう。

ひとりの胸にはしまっておけず、「内緒よ」と念を押《お》してから、野々香はルナに昨日の衝撃的事実を打ち明けた。

そして秀臣の急変についても、力を込めて付け加えた。

「派手好きで目立ちたがり屋のあいつが、妙《みょう》におとなしいって、おかしいよ。意味わからない。悪だくみしてるのかも。だったらどうしよう。新木真琴――先生に、迷惑《めいわく》がかかるようなことがあったら大変。止めなくちゃ」

「高峯くん、ねえ……」

ルナは小首を傾《かし》げ、視線を斜《なな》め上に向けた。何かしら考え込んでいるらしい。

「高峯くんで意味がわからないといえば、あれしか浮かばないな。ほら、しおりちゃんよ」

「は？」

「高峯くんの好きな女の子。あれ？　この話、してない？」

野々香は目を丸く見開き、力いっぱい首を縦に振《ふ》った。ルナは「ごめん～」と肩《かた》をすくめる。

「言おうとしたんだけど、なんて言えばいいのかわからなくて、そのままにしちゃったかも。しおりっていう名前も読めなかったし」

「は？」

「ちゃんと最初から話してよ」

たどたどしいルナの説明に、野々香は辛抱《しんぼう》強く付き合い、何度か聞き返し、やっとおおよそのことがわかった。

あるとき（三ヶ月前くらいらしい）、秀臣の机の上に置いてあった本（ノートかもしれない）をルナが落としてしまい、拾って戻《もど》したのだけれど、間にはさまっていた紙きれが飛び出した。それも元に戻そうとしたが、書かれている文字が目に入り、思わずのぞきこんだ。

いかにも女の子っぽい名前があったのだ。最近、同じ名前の女優さんが活躍《かつやく》するようになり「しおり」だとわかった。さんずいに、夕方の夕。里山の里。「汐里《しおり》」だ。

「年は十四歳って書いてあった。あとは食べ物や花、色なんか。その汐里ちゃんって子が好きなものみたい。そうそう、誕生日にもらって喜びそうなもの、っていうのもあったよ。ひとつじゃなく、いくつも書かれてて、棒線で消したり丸がついてたりするの。ずいぶんけなげだなあと思ったんだよね」

秀臣がけなげ？　にわかには信じがたい。すべてにおいて自信満々で、女の子には好かれて当然と、常日頃《つねひごろ》から思い込んでいるおめでたい男なのだ。誕生日プレゼントを何にするかで悩《なや》むなんて。

「それでその、汐里ちゃんってのはどこのだれなの？」

「さあ。うちのクラスにはいないよね。そう思ったところで忘れちゃった」

半ばあきれ、半ば笑ってしまった。秀臣はどんな女の子にもモテモテだと思っているけど、ルナみたいに、ほとんど関心を持っていない子もいるのだ。

野々香はそれきりにできず、昼休みに走りまわって他のクラスの名簿《めいぼ》をチェックした。「志織《しおり》」と、平仮名の「しおり」はいたけど、「汐里」はいない。

十四歳ならば二年生だろうが、ひょっとすると三年生かもしれない。よその学校も考えられる。転校して、いぶき市から離《はな》れた子だったりして。秀臣とは小学校がちがうので、細かいところはわからない。

わかったところで、それがなんだというのだろう。あとから気づいて、野々香はため息をついた。

「今の問題は、あいつがだれを好きなのかではなく、新木先生の身内が学校にいるのに、おかげで盛り上がりそこねている。ほんとうだったら、新木先生の甥である浩一といろんな話をしてみたい。作家の仕事ぶりや、創作のこぼれ話など。次の新刊がいつ出るのかも、教えてもらえたらすごく嬉《うれ》しい。

「でも野々香、高峯くんが女の子へのプレゼントで悩むなんて妙だって、言ったよね」

「うん。まあ。それも妙ではある」

「あっちの妙とこっちの妙、くっついたりしない？」

人差し指を振って楽しそうに言うルナに、ははは乾《かわ》いた笑い声で応える。

「新木先生は年上で、ほんとうに人気者よ。小説をたくさん出してる。秀臣はただの中学生じゃない。汐里ちゃんもそうでしょう？　関係ないって」

「わからないよ。その話が出てから、高峯くんはおかしくなったんでしょ？　なんにもないとは、野々香にも言えないと思うな」

反論できない。断言するほど、秀臣のことは知らないのだ。知りたくもないが。

このさい、直接本人に聞いてみようか。いつもと雰囲気《ふんいき》がちがう理由だけでもはっきりさせたい。

意を決し、野々香は翌日、秀臣に話しかけることにした。ひとりになるところを狙《ねら》うつもりが、移動教室の帰り道、ルナに激しく腕を摑《つか》まれた。渡《わた》り廊下の手前で、呼び止めろと言うのだ。

「話をするなら、じゃまが入らない方がいいでしょ。教室だと無理よ。今がいい、今が」

たしかに。でもなんかこう、無駄《むだ》にドキドキしてしまう。あんたがぼんやりしてる間に、となりのクラスの浩一からいろいろ聞いちゃうよ、あとで文句を言わないで、と言いたいだけだ。汐里ちゃんのことはどうでもいい。

けれど呼び止めて、話を切り出してすぐ、不機嫌《ふきげん》そうに「え？」と聞き返す秀臣に、野々香はむっとした。思わず口がすべる。

「私は浩一くんに新木先生の話を聞きたいと思っているの。いいでしょ、別に。汐里ちゃんとは関係ないし」

秀臣の顔色がさっと変わった。

「なんでおまえが……。どうしてだよ」

まるで恐《おそ》ろしいものでも見るような目で、秀臣は野々香を眺めまわした。

「えーっと、それは」

「言えよ。おかしいじゃないか。なんでその名前を知ってる」

「紙切れを見たのよ。本の間に挟《はさ》まっていたのが、落ちた拍子《ひょうし》に飛び出して。そしたらそこに女の子の名前が」

青ざめていた秀臣の顔が、みるみるうちに赤くなる。

「ありえない。ひどすぎる。プライバシーの侵害《しんがい》だ！」

「うるさいな。しょうがないでしょ。見えちゃったもんは。言っとくけど、わざとじゃないよ。見たくないわ、そんなもの」

「そんなものとはなんだ。よりにもよって、おまえなんかに。すげー、災難」

頭ごなしに怒鳴られ、腹が立つし、やかましいし。ここしばらくの物静かさはなんだったのだろう。一生、おとなしくしていてほしかった。

「災難はこっちよ。何が書いてあろうと私にはどうでもいいの。ぜんぜん興味ない。だれにも言わないから安心して」

秀臣はやっと口をつぐみ、うらみがましい視線をよこした。うっとうしい。

「話したかったのは新木先生のこと。汐里ちゃんは関係ないでしょ」

「ある」

「は？」

「関係ある。大ありだ。だからずっと考えていた。脳天気《のうてんき》なおまえとはちがう」

思いがけない言葉に、野々香はあやうくよろけそうになった。しっかり立っているつもりの廊下が、つるつるの氷になったみたいだ。

汐里ちゃんと新木先生の間に、つながりがある？「まさか」が「ほんとう」になってしまう。


混乱を抱えて教室に戻り、今度は野々香がぼんやりしてしまった。授業に身が入らず、指されてもしばらく気づかず、大恥《おおはじ》をかいた。休み時間になるや、トイレに行くふりを装《よそお》い、ルナを引っぱって教室を抜《ぬ》け出した。

汐里ちゃんがどこのだれなのか、本格的に突《つ》き止めなくてはならない。

手がかりはルナのみつけた紙切れだ。けれども、これがちっともあてにならない。

誕生日は八月ではなく、好きな食べ物は焼き鳥とパンケーキではなく、好きな色はピンクではない。自分と同じだったら覚えているだろうからとのことだ。ちなみに花のところには、むずかしいカタカナの名前があったらしい。チューリップでもコスモスでもなさそうだ。

「誕生日に喜びそうなプレゼントは？　いくつも書いてあったんでしょ？」

「うーんと、マグカップやうさぎの模様の入ったハンカチ。そこはちょっとかわいいと思ったんだよね」

そういうのを贈《おく》りたくなる女の子か。じっさいにもう買って、八月じゃない彼女の誕生日にプレゼントしたのかもしれない。

「絵本もあったよ。なんとかの絵本。丸印はそれについていたんだよね」

野々香の頭に、ゆめみ書店の絵本コーナーがよぎった。秀臣がプレゼントに選ぶ絵本。ちょっとだけ知りたいかも。

などと、のんきなことを思ってる場合ではない。新木先生に関わる問題なのだ。万が一にもご迷惑をおかけするわけにはいかない。

秀臣からはこれ以上話が引き出せそうもないので、野々香は先生の甥である浩一に当たってみることにした。あの衝撃の告白以来、話をするのは初めてだ。放課後、第二校舎の裏にある、キウイの棚《たな》まで来てもらった。

野々香の所属するお菓子《かし》研究部では、キウイが実ったらジャムを作る予定なので、手入れをしているふりができる。

「新木先生の新刊、さっそく買って、もう読んだよ」

野々香が新刊の感想を言うと、浩一は表情を少しだけゆるめた。調子に乗ってあの作品が好き、この作品の続きが待ち遠しいとしゃべっているうちに、笑顔《えがお》ものぞかせてくれる。

一方的に呼びつけて無理やり秘密を聞き出してしまい、悪印象を持たれてもおかしくない。そう思って気後れもしていたが、好きな本の話題が合えば野々香自身、伸《の》び伸びと話せる。相手のちょっとした目の輝きや声の明るさに気づくと、手放しで嬉しくなってくる。

叔父さんが人気作家だからといって、ちっともえらそうじゃないところも素敵《すてき》だ。どこかのだれかとちがって。

「ああ、いけない」

「どうかした？」

「ううん。ちょっとね、本の話はもっとしていたいけど、今日は聞きたいことがあるの」

肝心《かんじん》な話を思い出した。

何からどう話せばいいのかわからなかったが、ともかく知りたいのは汐里ちゃんと新木先生の関係だ。秀臣は野々香に対して、「ずっと考えていた」「脳天気なおまえとはちがう」などと言った。

失礼きわまりない暴言はいつか百倍にして返すとして、口数が減ってしまうほどの考え事とはなんだろう。

「荒木くんの親戚《しんせき》に、汐里ちゃんって女の子はいるかな。たぶん私たちと同じ年くらい」

浩一はきょとんとした顔になり、首を横に振った。

「だったら、叔父さんの知り合いの子どもとか、近所に住んでいる子とか」

「さあ。聞いたことないな。その子がどうかしたの？」

ためらいはしたが、口の軽そうな子には見えないので、ルナのみつけた紙切れと秀臣の言動についても、このさい聞いてもらった。

「もしかしたら、汐里ちゃんも新木先生のファンなのかな。それで、汐里ちゃんの分もサインを頼《たの》みたかったのかも」

「だったらそう言えばいいじゃないか。悩むほどの問題には思えない」

サイン、もらえるんだ。野々香は急いで心のメモに書き付けた。どの本にしよう。何冊ぐらいはいいだろうか。少なくとも最新刊は絶対だ。

「他に何か、思いつくことってある？」

「そうだな、叔父さんのサイン会で、高峯くんが偶然《ぐうぜん》出会った女の子とか」

野々香は「ああ」と大きな声を上げた。

「それ、あるかも。うわ、なんか漫画《まんが》みたい」

くやしいがちょっと素敵だ。自分も行けばよかった、サイン会。と思ってハッとする。

「サイン会、どこであった？　高峯くん、そういうところに行ったって、一度も聞いたことがない。あんなやつだから、行けば絶対自慢《じまん》するはず。それとも汐里ちゃんと巡《めぐ》り合えたから、黙っていたのかな」

「開催《かいさい》されたのは今のところ東京、大阪、名古屋だよ。ここからは遠いね」

「先生はどこに住んでいるの？」

今さらの質問だ。浩一は照れ笑いのようなものを浮《う》かべた。

「いぶき市内だよ。駅を挟んで反対側だから、学校からはちょっと離れているけど。ぼくのおばあちゃんの家に住んでるんだ」

「離れてないよ。近くだよ、それ。すごく近い。東京じゃないんだね」

「大学は東京で、卒業後もしばらくいたんだけど、体調を崩《くず》して戻ってきたんだ」

浩一は穏《おだ》やかな口調で言ったけれど、少しだけ寂《さび》しげな顔になるのを、野々香は見逃《みのが》さなかった。

「体調って、もう大丈夫《だいじょうぶ》なの？」

「うん。それはね。小説家をめざして貧乏《びんぼう》暮らしを続けたあげく、無理がたたって倒《たお》れちゃったんだよ」

だれの話だろうと、野々香は目を丸くした。

「新木真琴が貧乏してたの？　どうして。二十五歳で大手出版社の新人賞を受賞してデビューしたよね」

「だからその、二十五歳までは大変だったんだよ。学生時代から新人賞に応募《おうぼ》してたけど、なかなか受賞できずに就職した。そしたら仕事が忙しくて原稿《げんこう》が書けなくなって、おばあちゃんたちに内緒で会社を辞《や》めてしまった。フリーターで稼《かせ》ぎながら、投稿作を送り、なんとかデビューにこぎ着けたんだ」

「へえ」

そんな時代があったのか。野々香の知る新木真琴は最初から人気作家だった。

「なんか、夢を壊すようなことを言っちゃってるかな」

「ううん、ぜんぜん。みんなを喜ばせるお話を、もっとすいすい書いてると思ってた。だから驚いただけ。新木先生でも、苦労していた時代があるのね」

浩一は野々香の言葉に、少しだけ微笑《ほほえ》んだ。「そうなんだよ」とうなずくのではなく、引き続き、曖昧《あいまい》に困った顔だ。

「さっきは二十五歳までって言っちゃったけど、実は、デビューしたあとも貧乏なのは変わらなかったみたいなんだ。倒れたのは二十八歳のとき。おばあちゃんや父さんに怒《おこ》られて、本人もやっと気持ちを切り替えたらしく、こっちに帰ってきた。世話してくれる人がいて、最近まで事務の仕事をしてたんだよ」

「だって小説は？　書いていたよね。本は出てたもん。原稿料とか、印税とか、もらえるんでしょ」

「それだけで食べていける人は、少ないんだよ」

野々香の知らない、現実がそこにあった。

本を一冊でも出したら、すごいことだと思っていた。

全国の本屋さんで売られ、見知らぬ人が読んでくれるのだ。そして、わくわくさせたり、はらはらさせたり、笑わせたり、感動させたり。もしかしたらその人にとって、一生忘れられない物語になるかもしれない。

野々香にとってはまちがいなく、憧《あこが》れの職業だ。なかなかなれるものじゃないというのは知っていた。なりたい人はたくさんいて、才能のある人だけが選ばれ、デビューを果たす。その後も、活躍の仕方で売れ行きに差ができてしまうだろうが、でも、一番大変なのは一冊目を出すまでだと思っていた。

浩一の口ぶりではちがうらしい。新木真琴はじゅうぶん売れっ子作家のひとりだと思うのに、ずっと苦労が絶えなかったそうだ。

今では家族みんな、応援《おうえん》していると浩一は言った。ちゃんと彼の仕事を認め、理解しているらしい。そう聞かされても、心は晴れなかった。現実が厳しすぎて、重たすぎて。

新木先生自身は、どんな思いで小説を書いているのだろう。

「どうしちゃったのよ。野々香までぼーっとして。高峯くんのが伝染《でんせん》した？」

ルナに言われ、「まさか」と否定したものの、冴《さ》えない顔をしているのは自分でもよくわかる。

ため息がちでいると昼休み、浩一が野々香の教室にやってきて、廊下から手招きした。

ルナや他の女の子が冷やかす中、歩み寄る。

「叔父さんに話したんだ。文庫を置き忘れて、新木真琴の正体がバレちゃったこと。あと、中井さんの感想を伝えたら喜んでた」

「ほんと？」

笑顔でうなずく浩一の胸ぐらを掴み、ほんとうにほんとうかと揺《ゆ》さぶって確認したくなる。

「もしかして、サ、サインとか、頼める？」

「うん」

「話とか、できるかもしれない？」

「そうだね」

「つまり、私に、会ってくれる?」

浩一は聞いてみるよと答えながら、野々香の後ろを見てハッとした。つられて振り向くと、秀臣が立っていた。睨《にら》みつけるような、恐《こわ》い形相《ぎようそう》をしている。

ただならぬ気配に、廊下に居合わせた他の生徒たちがざわめき、立ち止まる。

野々香はあわてて秀臣に向かい、まあまあとなだめるポーズを取った。

「そんな顔しないでよ。ちょっと話していただけじゃない」

「ずいぶん仲がいいんだな、いつの間にか」

皮肉たっぷりの言い方。小馬鹿《こばか》にするような見下す視線。かちんと来た。何様だ。

「関係ないでしょ。考え事でもなんでも、ひとりで好きなだけすれば。じゃましないから、私のこともほっといてよ」

「なんだと」

「なによ」

険悪《けんあく》なふたりを見て、浩一が間に入る。

「今さ、中井さんに話してたんだ。よかったら叔父さんとこに遊びに来ないかって。高峯くんもどう？　もし都合がつくなら……」

「行く。絶対行く。できれば、おれひとりで行きたい。こいつはいつでもいいよ」

秀臣は野々香を押しのけ強引《ごういん》に迫《せま》る。なんてやつだろう。信じられない。負けずに突き飛ばしてやりたかったけど、いつの間にか増えている野次馬に気づき、ぐっとこらえた。

そういえば汐里ちゃんについても、相変わらず謎のままだった。

浩一が聞いてくれて、新木真琴に会うのは、次の土曜日の午後になった。いぶき駅で待ち合わせる予定だ。天にも昇《のぼ》る気持ちとはこのことだろうが、すべてが夢見心地《ごこち》のバラ色かといえば、そうでもない。

心配事があるから。ひとつは新木真琴がどんな人かということ。いい人だとは信じている。でもどんな気持ちで、作家を続けてきたのだろう。苦労したらしい。もしも少しでも、いやいや書いたものがあったら、やめたいと思うときがあったなら、それを聞いてしまったら、ショックを受けると思う。

もうひとつは秀臣。廊下でのもめ事のあとも浩一は秀臣から、新木真琴について根掘《ねほ》り葉掘り聞かれたらしい。東京に何年いて、いつこっちに戻ってきたか、出版社との打ち合わせは今どうしているのか。取材に行くことはあるのか。

汐里ちゃんの名前は出なかったという。

「かわりといってはなんだけど、叔父さんに聞いてみたよ」

自宅にかけてきた電話で、浩一は野々香にそう言った。

あれ以来、学校ではどちらとも話しづらい。ルナはひたすら面白がっているけど、まことしやかに三角関係の噂《うわさ》が広まっているのだ。新木真琴のことは秘密なので、否定するのもままならない。

「汐里ちゃんのこと？」

「うん。どう考えても心当たりはないって」

「先生は知らないのね。どこかで出会った読者のひとりなのかな」

「高峯くん、叔父さんの本の愛読者であるのはほんとうだと思う。でもそれだけじゃない気がするんだよね」

「どういうこと？」

「叔父さんのことを聞くとき、やたら真剣《しんけん》で熱心だ。中井さんは目立ちたがり屋の、いけ好かないやつだと言うけど、ぼくの前では真面目《まじめ》で一生懸命《いっしょうけんめい》なやつだよ」

耳を疑う。浩一のようなおとなしめの男子からすると、自信満々で尊大《そんだい》な秀臣はさぞかしうっとうしいだろう。普段なら、秀臣の方でも相手にしていない。両者の仲がいいはずないと思っていた。

ちがうのだろうか。真面目で一生懸命な秀臣というのもピンとこない。あの男が真剣なのは本について語るときだけだ。

約束の土曜日、野々香は早起きしてお母さんと一緒にマドレーヌを焼いた。ひとつずつ袋《ふくろ》に入れ、ギンガムチェックの箱に詰《つ》め、きれいにラッピングする。

最新刊の文庫と、お年玉で買った単行本も持っていく。着ていくものもさんざん迷い、お気に入りのジャンパースカートの上にカーディガンをはおった。

お行儀良くするのよ、失礼なことを言っちゃだめよ、挨拶《あいさつ》はきちんとね、そんな言葉に見送られ待ち合わせの駅に行ってみると、秀臣も浩一もいつもの制服姿ではなかった。カーゴパンツやジーンズをはいている。

駅前からバスに揺られて十五分。同じ市内とはいえ、初めて訪《おとず》れる住宅街だ。バス停からはすぐだった。立派な一軒家《いっけんや》に、「荒木」と表札がかかっている。新木真琴の「新木」は、本名の漢字を変えただけのペンネームだ。

浩一にとっては父親の実家なので、慣れた様子で門にあったチャイムを鳴らして中に入る。すると玄関《げんかん》ドアが開き、笑顔の女の人が迎えてくれた。浩一のおばあさんだ。とても歓迎《かんげい》してくれた。マドレーヌを渡すとさらに喜んでくれる。

「ゆっくりしていってね。私もお話を聞きたいんだけど、今日は真琴のお客さんだから、遠慮《えんりょ》するように言われているの」

リビングに通されると、おばあさんはどこかに行ってしまい、入れ替わりに男の人が現れた。照れ笑いが少しだけ浩一に似ている。新木真琴その人だ。

ソファーから立ち上がり、かちかちに固まって挨拶した。インタビュー記事で写真は見ていたが、じっさいに会ってみると飾《かざ》り気のないラフな雰囲気がかっこいい。若々しくて、少し年の離れたお兄さんみたい。

「こいつが学校で忘れ物をしたんだってね」

浩一は肩をすくめ、お茶の用意を始めた。

「そこから僕のことを探し当ててくれたんだ。これはもう、挨拶しなきゃいけないと思って。今日は来てくれてありがとう」

優《やさ》しく微笑む新木真琴に野々香は感激し、秀臣と顔を見合わせた。まるで仲のいい友だちみたいに、思わずにっこり笑いあう。

これればかりはしょうがない。他のだれよりも、分かち合えるものがたくさんあるのだ。

新木先生はとても話しやすくて優しい人だった。新刊はもちろん、これまでの本についても、次から次に話が弾《はず》む。

野々香、秀臣、浩一の三人がちゃんと作品を読んでいて、お気に入りの登場人物、忘れられない名場面、泣けたエピソード、意表をつかれた展開を披露しあううちに、また思い出すシーンもある。好みがちがうところも、合うところも、どちらもやりとりできるのが楽しい。

しかも作者がにこにこ笑いながら自分たちの話に耳を傾《かたむ》けてくれるのだ。幸せを絵に描《か》いたようなひとときだった。

紅茶を飲み、お菓子を食べ終わったところで、雑誌連載《れんさい》時の扉《とびら》イラストを見せてもらうことになった。野々香たちは本になったところしか見ていないので、興味津々《しんしん》だ。

二階のひと部屋が仕事部屋になっていた。壁一面に本棚が設えられ、本や雑誌がはみ出すほど詰まっている。入りきらなかった本は、床にも積み上げられている。デスクは窓際《まどぎわ》で、執筆《しっぴつ》用のパソコンが載《の》っていた。

新木先生は雑誌の他に、編集部から送られてきたという表紙のサンプルや、本屋さんが作ったという手作りの宣伝ペーパー、ＰＯＰなども出してくれた。

分厚い茶封筒《ちゃぶうとう》から紙の束《たば》が登場したときには、野々香と秀臣の歓声がぴったりそろう。噂に聞く「ゲラ」だった。

原稿を書いて編集者に送付すると、雑誌や本の誌面と同じ字数に整え印刷し、誤字《ごじ》や脱字《だつじ》のチェックをする。その印刷物がゲラ。

「なんか、いっぱい書いてありますね」

手にとって、のぞき込むなり野々香は言った。鉛筆《えんぴつ》の細かい文字があちこちにある。

新木先生は苦笑いを浮かべた。

「漢字や用語の単純なミスだけでなく、内容についての指摘《してき》もされるんだよ。カーディガンだけで出かけた登場人物が、お店に入ってコートを脱《ぬ》いだらおかしいだろ？　スキンヘッドの男が髪《かみ》をかき上げてもまずい」

思わず噴《ふ》き出した。

「そんなことがあるんですか」

「たとえばだよ。でも、気をつけていてもうっかりはあるんだよね。細かいところまできちんと見てくれる人がいるから、ミスのない本ができるんだ」

「だったらこの書き込みも大事なんですね」

「ああ。作者は鉛筆の文字に対して赤いペンで答える。最低二回はくり返すんだ」

お話を考えて書くだけでなく、本にするまでには他の作業もあるのだ。

「大変ですね」

「でも本にしてもらえるなら、なんとしてでも頑張《がんば》るよ」

そのひと言に、浩一から聞いた話を思い出した。新木先生はきらきら輝く道を歩いてきたわけじゃないらしい。

「今までも、すごく頑張ってらしたんですよね」

「ん？」

急に小さくなった野々香の声に、浩一が気づく。

「作家を目指した叔父さんが、貧乏暮らししていた話、ちょっとだけしちゃったんだ。

今はまあまあ稼《かせ》いでいるけど、昔は大変だったよね」

「おい、言うなよ。そういうの」

「詳《くわ》しくは話してないよ。インスタントラーメンひとつで三日しのいだとか、家賃が払《はら》えなくてアパートを追い出されたとか、編集者に泣きついて借金したとか」

先生の腕《うで》が伸び、浩一の口をふさいだ。驚いている野々香や秀臣にハハハと笑いかける。

「しょうがないんだよ。駆《か》け出しの物書きなんて、ほとんどがそんなものだ。でもめげずにしぶとく書き続け、君たちにも読んでもらえる本が出せた。それがおれの勲章《くんしょう》だ。これからも頑張るよ。また読んでね」

野々香は目を瞬《しばたた》いた。苦労していたから、しぶしぶ、いやいや書いた本があった、ほんとうは辞めてしまいたかった、そう言われるのを恐れていた。

好きな作家にはきらきらした場所にいてほしい。それは、野々香の好きな小説が、心の中でいつまでも輝いているからだ。

でも、恐れなくてもいいのかもしれない。たとえだれがなんと言おうと、自分がその小説を好きだと思う心は自分のものだ。

新木真琴もまた、小説のきらめきを守ってきたのだ。心配事がやわらかく溶《と》けていく。

そのとき、もうひとつの心配事が突然《とつぜん》自己主張を始めた。

「新木先生、作家って、なるまでも、なったあとも大変なんですね。でもおれ、どうしても、将来は小説家になりたいんです」

は？　何それ。まったくの初耳だ。

「君、作家志望なの？」

「はい」

新木真琴に尋ねられ、歯切れよく、堂々と答える秀臣の腕を野々香は摑んだ。

「なんでいきなりそんなこと言い出すの。やめてよ。また目立とうとして」

「ばーか。おれは本気だよ」

「先生に関係あるのは、そうだ、汐里ちゃんでしょ。先生と汐里ちゃんがどういう関係なのか、まずそれを話してよ」

秀臣は乱暴に腕をふりほどくと、眉《まゆ》をぴくぴくさせながら野々香を見返した。

「あれは、登場人物の名前だ」

「え？」

「おれの書いた小説に出てくる女の子。どういうものが好きで、誕生日がいつなのか、プロフィールを作っていたんだ」

ルナのみつけた紙切れ。もしかしてただのメモ？　汐里ちゃんは実在しない女の子？

「先生と関係ないじゃない」

「あるよ。大ありだ。小学校の頃から小説家になりたくて話を書いてきたんだけど、途《と》中《ちゅう》で止まったり、思ったような盛り上がりにならなかったり。むずかしいんだよ。でも最近やっと書くのが楽しくなってさ。そしたら謎の文庫がみつかって、持ち主を捜《さが》してみたら本物のプロの小説家に行き着いた。この出会いが運命でなくてなんだよ。やっぱりおれは書き続けなきゃいけないいんだ」

あきれて、しばらくものが言えなかった。あたりがシーンと静まりかえったのだから、新木先生も浩一も似たように啞然《あぜん》としたのだろうと、野々香は思った。

「バカじゃないの」

「なんだと」

「先生が小説家になれたのと、あんたがなれるのかはぜんぜん別問題でしょ。ちっとも論理的でない上に、図々《ずうずう》しい。そんなんじゃミステリーも文学も書けっこない」

「言ったな」

「言うわよ」

目尻《めじり》を吊《つ》り上げる秀臣に、一歩も引かず野々香は胸を反《そ》らした。こと小説に関しては負ける気がしない。相手が秀臣ならば。

「ふたりとも、こんなところでケンカしないでくれよ。今日はせっかく来てくれたのになあ浩一」

「そうだよ。あ、サインを頼むんじゃなかった？　本を持ってきてるんだよね」

うなずいて、野々香は自分の鞄《かばん》から新刊の文庫と、一番好きな単行本を取り出した。すると秀臣も同じものを持ってきている。

気がついて再び睨みつけてやる。まねしないでよ。そっちこそ。あんたのお気に入りはちがう本でしょ。おまえだって別の本だろ。

目と目で、一瞬《いっしゅん》にして罵《ののし》り合う。

「なーんだ、仲がいいじゃないか」

にっこり笑う先生に、とんでもないと返したかったが、小さな箱から落款《らっかん》が出てきてそれどころじゃなくなる。「新木真琴」と刻まれた、特製のハンコだ。

デスクが片づけられ、即席《そくせき》のサイン会が始まる。

「名前も入れておこうか」

「はい」

本の表紙を開き、何も印刷されてないページ（遊び紙というそうだ）の右上に黒いペンで「野々香ちゃんへ」と入る。左下に日付と新木真琴のサイン。そして落款が押された。

生まれて初めてのサイン本だ。しかも自分の名前入り。文庫は遊び紙がないので、中扉に書き込んでくれる。

秀臣も同じように書いてもらい、ふたりして見せ合った。

「本物のサイン会もあればいいのにね。この町で」

「やるとすれば、商店街のゆめみ書店だな」

「うん。売場にイベントコーナー作って」

けれど新木先生は、それを聞いて首を横に振った。

「ここに住んでることは、まだ公表してないから」

「内緒なんですか？」

もったいない。自分たち以外にも喜ぶ人はきっとたくさんいる。

「書店員さんにも言ってはダメですか？　ゆめみ書店に仲良くしている店員さんがいるんです。青山さんといって……」

「ごめん。悪いけど秘密にしてほしい。頼むよ。深い理由があるわけじゃない。えーっと、ほら、照れくさいから。ね、約束だよ」

念を押されてうなずく。でもなんか、ちょっとおかしな感じ。


お菓子を食べたりお茶を飲んだり、いろんな話を聞かせてもらったり。大満足のうちに野々香たちは荒木宅を後にした。

浩一も一緒だった。来た道を戻りながら、野々香も秀臣も興奮が冷めやらず、おさらいするように、初めて聞いた話や見せてもらったものを口々に言い合った。

「それにしても、高峯くんが作家志望なんて」

浩一のつぶやきに、野々香も飛びつく。

「ほんと。ぜんぜん知らなかった。いつから考えてたの？」

「小学校の頃からだよ。別に、珍《めずら》しくもなんともないって。高校に入ったら新人賞に応募して、高校か、大学でデビューするんだ」

野々香は反射的に顔をしかめる。宣言するのも、夢を持つのも自由だが、そんなにうまく行くものかと突っ込みたい。でもよけいなことを言って、万が一にも、だったら読んでみろと返されても困る。

これからしばらくは新木先生の本を再読し、今日の余韻《よいん》に浸りたい。

「そうそう、ふたりとも、おれが作家志望というのは言うなよ。プライバシーだからな。どうしても作品を読みたいのなら……」

「わかった。誰《だれ》にも言わない。心配しないで」

きっぱり言い切ると、秀臣は唇《くちびる》をとがらせ、うらみがましい目で野々香を見た。

「すごい密室トリックや、暗号解読や、ダイイングメッセージがあるかもよ」

「汐里ちゃんに頑張ってと伝えといて。それよりも、誰にも秘密って、新木先生も言ってたよね」

野々香は浩一に尋《たず》ねた。

「作家さんって、自分のことを知られたくないものなの？」

「さあ。他の人はわからないけど、叔父さんは昔から積極的《せっきょくてき》に言う方じゃない。照れくさい、というのはほんとうだと思うよ。けどいくつかの書店には、挨拶まわりに行ってるみたい。新刊が出ると、東京近郊《きんこう》の大型店を中心に、出版社の人と一緒にまわるんだって」

「へえ。そんなのがあるんだ。かっこいいな。さぞかし、颯爽《さっそう》と現れるんだろうな」

横から身を乗り出す秀臣を、野々香は力いっぱい押しのける。

「東京の本屋さんはよくて、地元はダメなの？　それってやっぱり、照れくさかったり、恥ずかしかったりするから？」

浩一はじっと考え込み、それから首を傾げた。

「顔が知られると、本が買いにくくなるっていうのはあると思う」

「どうして？」

苦笑いを向けられてしまう。

「堂々と買える本もあれば、こっそり買いたい本もあるよ。中井さんにはない？　たとえば猟奇《りょうき》殺人をテーマにした本とか、表紙が奇抜《きばつ》な本とか、恥ずかしいタイトルの本とか」

「ああ。そういう意味」

以前、ゆめみ書店で、やけにそわそわしている男の子を見かけた。もしや、よからぬことを考えているのではと心配になり、野々香は棚の陰《かげ》から何度もうかがった。すると、まわりに人がいないのをたしかめてから、男の子は本を摑みレジに急いだ。ちゃんとお金を払って買って行く。

だったらこそこそしなきゃいいのに。そう思ってその子のいた場所に行ってみると、アイドルの写真集が積んであった。誰にも知られず買いたかったのだろう。

「叔父さんは趣味でも資料としても、いろんな本を買うからね。いちいち気に留めてほしくないんだと思うよ」

「そっか。近くの本屋さんには、一番内緒にしておきたいかもね。残念だけど、しょうがないのかな」

野々香が言うと、浩一はうなずかず、眉間《みけん》の皺《しわ》を深くする。

「どうかした？」

「うん。今話した理由はぼくの想像で、もっともらしいけど、この頃の叔父さん、ちょっと変なんだよね」

だらだら歩いていたけれど、野々香も秀臣も立ち止まる。

「変って？」

「商店街のゆめみ書店に、ぜんぜん行かなくなってしまった。前はしょっちゅう利用してたんだよ。でも行くとしたら、いぶきモールの中の支店ばかり。どうしてだろう。商店街の方が近いし、品揃《しなぞろ》えだって負けてないよね」

商店街店で働いている青山さんは、新木真琴がいぶき市に住んでいるのを知らない。だから、まだ正体はバレていないはずだ。なのに新木先生は行かなくなってしまった。なぜだろう。

3　私たちのだいじな本

人気作家である新木真琴先生のお宅にうかがい、上機嫌《きげん》で帰る途中《とちゅう》、甥《おい》である浩一に、野々香は気になる話を聞かされた。

いつも利用していた商店街のゆめみ書店に、新木先生が最近、まったく行かなくなってしまったというのだ。

たまたまではなく、本格的に避《さ》けているらしい。仲良しの書店員、青山さんも新木真琴のファンと知っているだけに、野々香としてはそのままにしておけなかった。

理由があるはずだ。もっとちゃんと先生から聞き出すよう、浩一には厳命した。けれど週明けの月曜日、野々香の顔を見るなり、浩一は首を横に振《ふ》った。

「なんでもないよって言うだけなんだ。怒《おこ》っている雰囲気《ふんいき》ではなかった。いやなことがあったのか聞いても、そういうんじゃないって、苦笑いしてた」

少しほっとする。

「いよいよわからないな」

だったら黙《だま》っていればいいのに、秀臣がしゃしゃり出る。

「こうなったら商店街店に行くしかないな。放課後、行ってみよう」

一緒《いっしょ》にというのは気が進まなかったが、野々香は仕方なくその日の放課後、秀臣や浩一と共に商店街に寄り道した。

意外にも浩一は、めったに本屋さんに来ないと言う。

「買わなくても、叔父さんがいっぱい持っているからね。漫画《まんが》くらいなら、近くのコンビニにもあるし」

そうは言っても、一歩フロアに入ると楽しそうに見渡《みわた》し、華《はな》やかな雑誌のディスプレイやイベントコーナーに吸い寄せられている。

浩一はほっておいて、野々香は単行本売場に向かった。秀臣もくっついてくる。探すまでもなく、制服姿の青山さんが新刊台の入れ替《か》えをしていた。

「あら珍《めずら》しい。今日はふたりで来たの？」

野々香たちに気づくなり、微笑《ほほえ》んで言う。

「ちがいますよ。もうひとり、となりのクラスの子も一緒です」

「お、マジシャン探偵《たんてい》のシリーズ、新しいのが出ている」

「目ざといわね、高峯くん。今日、発売よ。ちょっと高いから、学校図書の予算で買ってもらえるかしら」

「買って買って。早く」

「わかってるよ。予算は取ってあるんだ」

それはえらい。本についてのアンテナが鋭《するど》いことと、しっかり者な点が、秀臣の数少ない長所だ。

文庫コーナーにまわると、この前出たばかりの『スリー・ベジタブル』がきれいに陳《ちん》列《れつ》されていた。POPは青山さんの手作りだ。新木真琴が地元の作家だと知らなくても、心を込《こ》めて応援《おうえん》している。

「順調に売れてるのよ。追加の注文、二回も出したんだから」

得意そうにVサインを見せる青山さんに、野々香の胸は痛んだ。応援している作家さんに、避けられている店と知ったら、きっと悲しむだろう。

「ここのこれ、写真に撮《と》って、見てもらったらどうかな」

秀臣が耳元で言う。意味はすぐにわかった。最近来てないなら、新刊のディスプレイを先生は知らない。見れば好感度が上がるかもしれない。

それにはまず浩一だ。野々香は爪先《つまさき》立って店内を見渡した。ゲームの攻略《こうりゃく》本を熱心に眺《なが》めている。

「荒木くん、こっち来て。こっち」

呼びかけて手招きすると、名残惜《なごりお》しそうに攻略本を棚《たな》に戻《もど》してやってきた。青山さんが小さな声で「あら？」と言う。

「野々香ちゃんと同じ中学の？」

「はい。となりのクラスの荒木浩一くん」

浩一はぺこりと頭を下げた。青山さんはその顔を見て、何か言いたそうだ。野々香は名探偵なみのひらめきでもって気がついた。

「荒木くん、お兄さんみたいな叔父《おじ》さんがいるんですよ。ここにもよく来てたみたいで」

「もしかして、私の知ってる荒木さんかしら。顔立ちの雰囲気《ふんいき》が似ているから、ご兄弟かと思って」

ビンゴだ。足が遠のいてしまう前、新木先生はお得意さまだったのだ。

「でも最近はいらっしゃらないの。お引《ひ》っ越《こ》しでもされたのかと思ったわ。荒木さんとは友だちの結婚《けっこん》式の二次会で、ばったりお会いしたこともあるのよ。三ヶ月くらい前だったかしら」

店の外で？　野々香たちはお互いの顔を見合わせた。先生と青山さんには、意外な接点があったらしい。

青山さんはそのときのことを楽しげに話してくれた。

結婚式の二次会はイタリアンレストランの貸し切りパーティ。知り合いとおしゃべりしていると、ドレスアップした新郎新婦《しんろうしんぷ》が入場し、拍手《はくしゅ》と共ににぎやかに始まった。

店でよく見かける男性客に気づいたのは、後半の時間だったという。本に囲まれたいつもの場所ではなかったので、お互《たが》いに何度かちらちら見て、どちらからともなく挨拶《あいさつ》した。そこから打ち解けるのは速かった。本屋さんの仕事や陳列方法、珍しい本や人気の雑誌について話が弾《はず》んだ。

「そのあとも一度は店でお見かけしたわ。でも、ぱたっといらっしゃらなくなって。長い出張か、転勤か、そんなふうに思っていたの」

どうやら青山さんは、「荒木さん」の仕事をふつうの事務職だと思っているようだ。パーティ会場で、そう自己紹介《しょうかい》されたらしい。

たしかに、東京から引っ越してしばらくは小説以外の仕事もしていたと聞く。でもしばらく前に辞《や》めていたはず。かといって小説家の新木真琴とは明かせず、先生も困ったのかもしれない。

今は目の前で、浩一がしどろもどろになっている。何を聞かれても、曖昧《あいまい》なことしか言えない。野々香たちは早々に引き上げることにした。まだ寄るところがあるからと、笑顔で売場をあとにした。

すると珍しく、青山さんが追いかけてきて、野々香を呼び止めた。

「もしかして、何か知ってることがある？　だったら教えて」

野々香の心臓がきゅっと縮《ちぢ》み上がった。

「私、荒木さんに失礼なことを言ってしまったのかしら。ずっと気になっていたの。もしそうならお詫《わ》びがしたい。でも、連絡《れんらく》の取りようがなくて。それに、何がいけなかったのか、自分ではわからないの」

不安げに唇《くちびる》を噛《か》む青山さんに、ますますいたたまれなくなった。あんなに一生懸《いっしょうけん》命《めい》売場を盛り上げているのに。気の毒すぎる。

店を出ると、秀臣と浩一が近くのベンチで待っていた。泣きそうな顔をしている野々香を見て、ふたりともぎょっとする。

野々香は青山さんのことを話した。急に現れなくなった荒木さんについて、見かけよりずっと気に病《や》んでいるのだ。

「そんなの、青山さんのせいじゃないよ。なんとかならないかな」

秀臣がじれったそうに言う。

「叔父さんに話してみるよ。店員さんが心配してるって、伝えた方がいいよね」

「だったら今から行こう」

「いいけど。高峯くんも？」

「売場の写真を撮ったから、それも見てほしいし」

ふたりのやりとりを聞き、野々香はあわてて手を上げた。「私も」と。けれど遅《おそ》いから帰るようにと言われてしまう。

「男同士の方が、話がしやすいかもしれないだろ」

「そんなのずるい」

しばらく抵抗《ていこう》したが、浩一までふたりで行くと言ってきかない。野々香はしぶしぶ折れ、駆《か》け出すふたりの背中を見送った。


翌日の昼休み、やっと浩一が一組に現れ、三人して渡り廊下《ろうか》に移動した。

「それで、わかったことはあるの？」

野々香に詰《つ》め寄られ、男ふたりは肩《かた》をすぼめた。

「この前よりは少し聞けたよ。青山さんが心配していると言ったら、叔父さん、すごく驚いてた。申し訳ないって」

「ふーん」

「ほんとうに、すまなそうにしていたよ。青山さんが、何か言ったわけじゃない。言わなかったから、落ちこんだんだって」

は？　どういう意味？

「叔父さんが口にしたのはそれだけだ。あとは、まあいいじゃないかって、ごまかされた」

「待って。先生は、自分の正体を隠《かく》しておきたいのよね？　青山さんにも知られたくない。でも親しくしてると、バレてしまうかもしれない。黙っているのも心苦しい。だから商店街の店には行かなくなった。ちがうの？」

野々香が昨日、一生懸命考えたことだ。

「ぼくもそう思っていた。けど、落ちこむような出来事があって、行かなくなったみたいだ」

何があったんだろう。青山さんが失礼なことをするわけがない。新刊だって、いち早くPOPを作って応援しているくらいなのだ。新木先生は、いったい何に落ちこんだのだろう。

「『スリー・ベジタブル』はミニコーナーができているんだよ。売れ行きもとってもいいんだって。作者さんなら、ぜったい嬉《うれ》しいと思うんだけど。売場の写真は、見てくれたんだよね？」

野々香は秀臣に尋ねた。

「もちろんだよ。携帯《けいたい》の画面だから大きくはないけど、ばっちり写っていた。青山さん特製のPOPも拡大して見せた。先生はにっこり微笑んでくれたよ。まちがいなく喜んでた。でもそのあと、すっと目をそらす感じなんだ。元気がなくて、ため息をつく雰囲気」

なぜだろう。ぜんぜんわからない。

「あのさ、青山さんって独身？」

浩一が突然《とつぜん》、口にした。

「独身だと思うよ。前に、恋人募集中《こいびとぼしゅうちゅう》って言ってたし」

「だったら叔父さん、青山さんのことが好きになって、自分でもどうしていいのか、わからないのかも」

野々香は「うそ！」と叫《さけ》んだものの、ありえない話ではないと思った。先生は今年、三十四歳。付き合っている人はいないらしい。青山さんはおそらく二十代後半。お似合いのふたりかもしれない。

「もしもそうなら、青山さんがしょんぼりすることないのに。かわいそうよ。ほんとうに悩《なや》んでたもん」

「叔父さんが悪い。自分に自信がなくて逃《に》げてるんだとしたら、男らしくない」

「ふたりとも、そう目くじら立てなくてもいいだろ。先生は、そのうち寄ってみると言ってたんだ。なんとかなるよ。おれたちがここでガーガー騒《さわ》いでもしょうがない」

「そのうちちっていつよ!」

生真面目《きまじめ》に考える浩一とちがい、秀臣のいいかげんなこと。青山さんを密《ひそ》かに慕《した》っているので、特定の恋人ができる流れはなるべく避けたいのだろう。たとえ相手が新木先生であっても。

「しばらくは無理だと思うよ」

秀臣ではなく浩一が答えた。

「もうすぐ北海道に取材旅行なんだ。二週間くらい行ってくるって聞いた。その前にやらなきゃいけない仕事もあって、ぎりぎりまで身動き取れないんじゃないかな」

二週間も……。

「だったらその間に、私たちにできることってないかな」

「できること?」

「長いこと出かけていたら、戻ってきても忙《いそが》しいでしょ。お仕事だからしかたないと思うけど、そう言ってたらいつまでもゆめみ書店に行く機会はないよ」

ずるずる時間だけが過ぎていく。青山さんは肩を落とし、先生の様子もおかしい。せつかくのディスプレイが宙に浮《う》いているようだ。

「新木先生が、ゆめみ書店に行きたくなるようなこと、行かなきゃいけないことがあればいいと思うのよ。私たちで用意できないかな」

秀臣の顔つきが少し変わる。もとが「やりたがり屋」だ。

「無理やりサイン会をセッティングするのはダメか」

「一番ダメ。新木真琴ではなく、荒木さんとして、ふらりと足が向くような何かよ」

自然に再会できれば、少なくとも青山さんはほっとするだろう。

「本屋さんで面白いイベントが開かれると、来てくれるかも」

「叔父さんの行きたくなるイベントだね」

「先生の趣味《しゅみ》ってなんだろう」

「うーん」

「場所が本屋さんだから、写真展とか、原画展とか」

野々香も秀臣も唸《うな》る。うーん。

本屋さんで開かれるイベントには何があるだろう。

写真展や絵画展ならば、野々香も見たことがある。ゆめみ書店でじっさい開かれたのだ。夏休みの工作展というのもあった。小学生向けに自由研究を扱《あつか》った本を並べ、実物も数多く展示された。

皆既《かいき》日食の話題でもちきりの頃《ころ》は、天体観測についての大がかりなディスプレイが設置された。料理研究家を招いての、お料理講習会が催《もよお》されたこともある。

どれもそれなりに盛況《せいきょう》で、のぞくだけでも楽しかった。ただ、新木先生が関心を持ち、忙しくても慌《あわ》ただしくてもぜったい行きたくなるようなイベントとなると、俄然《がぜん》むずかしくなる。

まして野々香たち、中学生にもできる内容だ。時間もない。予算もない。

「はあ。困ったなあ」

放課後の教室でぼやいていると、ルナが話しかけてきた。

「まだ悩んでいるの？　本屋さんのイベントだっけ。アイドルの握手会《あくしゅ》がいいのにな」

ルナはそればかりだ。

「先生にも好きなアイドルがきっといるよ。その人が現れるなら、ぜったい来るって」

「いても、予算的に無理なの」

「予算いくら？」

野々香は指でゼロの形を作った。ルナはたちまち両手を広げる。驚いたポーズだ。

「わかってる。ゼロじゃ無理よね」

「お金がないなら、すでにあるもので勝負すればいいんだよ」

そう言って、ルナは背筋を伸《の》ばした。

「『みんな何かを持っている。なんにもない人はいない。ちゃんと持っていることに気づいてないか、それを、ちっぽけと思っているだけ』、これ、野々香が聞かせてくれた」

「新木先生の『エトランゼ』だ！　そこに出てくる言葉よ」

読んだのは小学六年生のときだ。ちょうどその頃、五年生から持ち上がった担任の先生が体調を崩《くず》し、学校を去っていった。学級運営がうまくいかず、保護者からも生徒からも毎日、あることないこと責められ、最後はふらふらだった。

野々香にとってはけっして嫌《きら》いな先生ではなかった。でもそれを口にすることも、態度で表すこともできなかった。

『エトランゼ』を読み、数ヶ月後の年の瀬《せ》に、ふと思いついて年賀状を出した。ちっぽけな自分の、せいいっぱいの気持ちだった。担任の先生からは、自分で撮ったという写真がたくさんコラージュされた葉書が届いた。メッセージには野々香の年賀状がとても嬉しかったとあり、時折読み返しては胸を熱くした。

「私にも何かあるかな」

「あるよ。さっきのだって、野々香が聞かせてくれたから覚えていたの。身近な人が感動した言葉だから、私にも特別になった」

「ルナはその、大切な言葉を思い出させてくれたね」

えへへと肩をすくめるルナと、教室を出た。まっすぐ帰るつもりだったけど、もう少しイベントについて考えてみたくなった。図書室に寄っていこう。

ルナは「いいよ」と言って手を振り、階段を下りていった。また明日ね。

図書室では秀臣が新刊紹介の記事を書いていた。二ヶ月に一度出る「図書委員会便《だよ》り」の中身だ。机の上には取りあげる本が積んである。上から順番に眺め、野々香は目についた一冊を引き抜《ぬ》いた。

「これも紹介するの？」

秀臣の苦手とする、文学性に富んだ作品だ。野々香も得意じゃない。

「三組の保田《やすだ》、あいつに書かせるよ」

保田？　忘れ物の文庫の、持ち主を捜《さが》しているときに、初めて口を利《き》いた男子だ。新木先生の本をバカにした、許せないやつでもある。

「その本、すげーいいんだってさ。どこがどういいのか、語ってもらおうじゃないか」

「へえ。それなら私も聞いてみたいかも」

自分と同じ年、同じ学校に通う生徒の、感動した本だから気になる。ルナも似たようなことを言ってたっけ。身近な人の言葉だから、特別になると。

ん？　これって使えない？

「アイディア、もしかしたら浮かぶかも。ちょっと待ってて。荒木くんを呼んでくる」

図書室を飛び出した野々香は、浩一を校内でみつけ、秀臣のもとに舞《ま》い戻った。

「前にね、青山さんが言ってたの。中学生くらいが一番むずかしいって。児童書から大人向けの本に移っていく途中でしょ。子どもっぽい内容だとそっぽを向かれる。複雑すぎると読み切ってくれない」

興味や関心が大人とはちがうので、すすめる本が的外れになりがちだ。

「だからね、私たち中学生自身が、自分の好きな本を紹介すればいいんじゃないかと思うの。じっさいに読んで感動した子がいれば、親近感がわくでしょ？」

浩一はゆっくりうなずく。

「大人が褒《ほ》める本って、ほんとに面白いのかなあって、思っちゃうんだよね」

秀臣は眉《まゆ》をひそめる。

「もう『図書委員会便り』でやってるよ」

「あれを、ゆめみ書店でやるの。じっさいの本を一緒に並べて、推薦《すいせん》コメントをつける」

「POPか」

他でもない、秀臣が口にした。

「そう、POPだ！」

野々香の頭の中に書店のフロアがぐんぐん広がる。新刊台やイベント台のにぎやかな飾り付け、華やかな光景が浮かぶ。

「どういうこと？」

怪訝《けげん》そうな顔になる浩一に説明した。

「本屋さんの本に、内容を紹介した紙がついているのを、荒木くん、見たことない？」

「ああ。宣伝みたいなやつだね」

「うん。出版社が作ったのは、ほんとうに宣伝っぽくなるけど、『面白いから読んでみて』という感じで、書店員さんが作っているのもあるのよ。それを、私たち中学生がやるの」

書店ならば本の種類も多いし、文庫だったら値段的に買いやすい。

「たくさんの人が出入りしてるから、いろんな人が見てくれる。作り甲斐《がい》があるってもんだよな」

目立つことの大好きな秀臣は、早くもうっとりしている。飾り付けられた自分のPOPを想像しているにちがいない。

「厚紙を切るだけだから、予算もほとんどかからない。なんとかなるんじゃないかな。うまくいったら、新木先生を呼べるし」

「叔父さん？」

忘れていたみたいに浩一が首を傾《かし》げる。

「そうよ。私たちが先生の本を取りあげて、うんとすてきなPOPを作るの。見てくださいとお願いしたら、きっと来てくれる」

根はやさしい先生だ。「荒木さん」としてでかまわない。行きづらくなった理由はわからないが、足を運ぶきっかけがあれば、気持ちが変わるかもしれない。

「問題は、ゆめみ書店よね」

野々香の言葉に秀臣がうなずく。

「とにかく青山さんに当たってみよう」

「ふたりともすごく張り切ってるけど、学校はどうするの？　オッケーしてくれる？」

浩一に言われ、野々香は少しひるんだが、秀臣は髪《かみ》をかき上げニヤリと笑った。

「そこは図書委員会にまかせてもらうよ。大丈夫。読書推進活動はうちの仕事だからね」

なんか口惜《くや》しい。こいつさえいなければ、今のセリフ、自分が言えたのに。野々香は深呼吸して気持ちを落ちつけ、心に誓《ちか》った。めいっぱい、こき使ってやろう。

三日後の放課後、野々香と秀臣と浩一は商店街のゆめみ書店に向かった。秀臣によれば、図書委員会の顧問《こもん》の先生は乗り気らしい。いきなりの話に驚きつつも、書店次第だと言ってくれたそうだ。

それをふまえ、いぶき中学校読書推進活動の一環《いっかん》として、「手作りＰＯＰフェア」を開催《かいさい》すべく、青山さんにかけ合った。

「あら、今日はまた三人なのね」

明るい笑顔に勇気をもらい、野々香はさっそく切り出した。

「ＰＯＰフェア？」

「そうなんです。これを見てください」

何度も書き直した企画《きかく》書を渡す。青山さんは受け取り、目を通しながら生き生きとした表情になる。

「いいわね、こういうの。現役の中学生のセレクトでしょ。どんな本が選ばれるのか、私も気になる」

「よかった」

「でも、実現させるにはそうとうの熱意がいるわよ。粘《ねば》り強く頑張らないと企画倒《だお》れになってしまう。野々香ちゃんたち、どれくらい本気なの？」

「ものすごくです」

野々香が答えているのに、横から押《お》しのけられる。

「頑張れば、やらせてもらえる可能性ってありますか？」

秀臣のシャツを摑《つか》み、負けずに言う。

「よろしくお願いします」

「あなたたちは、たしかに粘り強いわね。わかった。これを預かって、さっそく店長に話してみるわ。やるとしたら、いぶき中学校の名前をあげての企画になるだろうから、野々香ちゃんたちは先生とよく相談して。こちらからも、ご挨拶にうかがわなきゃ」

ちょっとした思いつきではダメなのだ。きちんと筋を通さなくてはならない。

「それに……開催の時期がずいぶん早いのね。一ヶ月後からスタート？」

青山さんにはけっして言えないが、新木先生の予定を考えてのスケジュールだ。ちょうど一ヶ月後、取材を終えて戻ってくる。

「どうせなら、夏休みがいいかと思って」

「そうね。むずかしくても挑戦《ちょうせん》するならそこよね。わかった。決まれば売場はなんとかする」

やった！　思わず三人から声が出た。

大喜びの三人に、青山さんは苦笑いを浮かべて言った。

「これからが大変なのよ。やるからにはそれなりにきちんとしたＰＯＰを、二十枚は用意してほしい。ひとりで複数枚はＮＧ。できればひとり一冊。そのうち十点については早い時期に書名が知りたい。出版社に注文を出すから。でないと一ヶ月後に間に合わない」

二十枚ということは、二十人。さらに十名は先行して本を決めなくてはならない。

「ジャンルや本の種類の指定はありますか？　単行本だけとか、文庫だけとか」

野々香がたずねた。

「そうねえ。なるべく自由にしたいわ。エッセイでも実用書でも写真集でも。並べやすいのは文庫だけど、一番だいじなのは『中学生の本気のお気に入り』だから、大きさや値段も気にしないで。私たち大人は、どんな本が中学生の心を摑むのかが、知りたいの」

「大人でも興味あります？」

「あるわ。書店員じゃなくてもね。もともと本好きの人って好奇心《こうきしん》が強いのよ。中学生が熱心にすすめていたら、ふむふむ、どういう本だろうって読みたくなると思う」

「だったら中学生以外も買ってくれるかもしれない？」

青山さんは笑顔でうなずいた。

「書店としては当然そこを狙《ねら》うわ。『中学生のイチオシ本』、『未読の人、ためしに読んでみて！』って、感じかしら」

たのもしい言葉が、野々香の背中を押してくれる。中学生にもできることがあるのだ。中学生の気持ちを知りたがる人がいる。そう思うと力がわいてくる。

野々香たちは翌日、図書委員会の顧問である、美濃部《みのべ》先生のもとに行った。はじめはニコニコ聞いてくれたが、一ヶ月後というスタートについては顔をしかめた。

「学校の行事というのは、前の年に決まるんだよ。行事ではないけど、校長先生や副校長先生に話を通すだけでも数ヶ月かかる。保護者会の承認《しょうにん》もいるかもしれない」

「えー！　来年は受験生ですよ」

「もたもたしてたら卒業してしまう」

先生は「やれやれ」とため息をつき、しょうがないなあと言いながら、前向きな提案をしてくれた。

学校側との交渉《こうしょう》と、ゆめみ書店への挨拶は先生が引き受ける。なんとかなるよう、頑張ってみる。

　企画の中心となるのが図書委員会ならば、そこのとりまとめは秀臣が受け持つ。臨時委員会を直《ただ》ちに開き、承認を得て、全校生徒に向けての告知に取りかかる。

　野々香と浩一は、二十枚の素敵なPOPが集まるよう、水面下の活動を始める。描いてくれそうな人を探し、個人的に交渉する。どんな本にするか、どういうPOPにするか、細かい相談にも乗る。

　具体的に考えるとどれもが簡単ではない。青山さんの言葉通りだ。

　校長先生や副校長先生は、企画そのものには好意的ではあったが、慎重《しんちょう》に構えるのでなかなか進まない。美濃部先生がひとりで書店に出向き、店長さんと青山さんに挨拶した。

　そのとき、店長さんが副校長先生と知り合いだとわかり話は弾《はず》んだが、いまだに学校のGOサインは出ていない。

　秀臣は五月から図書委員長になっていたので、臨時委員会を開くのはスムーズだった。突然の企画披露《ひろう》にみんな驚いたようだが、委員長が積極的《せっきょくてき》なので、反対する者はなかった。無事、了解《りょうかい》を取り付けたとのことだ。

ここまでならとても順調なのだけれど、野々香は秀臣の渋《しぶ》い顔を見逃《みのが》さなかった。

「それで、図書委員の人たちもPOPを書いてくれるのよね。何枚くらい？」

「それがその……」

「十冊分は、早く青山さんに報告しなきゃ」

「わかってるよ」

何かあったらしい。口ごもる秀臣をせっつき、ようやく聞き出したところによれば、反対する者はいなかったが、積極的な賛成もなかった。通常の委員の仕事以外に用事が増えるのを露骨《ろこつ》にいやがる。POP作りについても消極的。

「やる気がないんだよ、やる気が。信じられない。自分のPOPが本屋に並ぶ、すごいチャンスなのに。ぜんぜんわかってない」

独りよがりで強引《ごういん》で自分勝手な、日頃の秀臣に問題があるのだろう。そうにちがいないのだが、野々香も強く言えなかった。

野々香と浩一が奔走《ほんそう》し、なんとかなりそうなのは四人がやっと。十冊は、思ったよりずっと高いハードルだった。

「このさい、アイドルの写真集でもいいから、ルナもお願い」

「うーん」

首を縦には振ってくれない。ルナにも尻込《しりご》みされているのだ。

「だってさ、こういうのが好きなのねって、いろんな人に思われるのはいやなの」

「なんで？」

「すごく立派な、いかにも頭の良さそうな本ならいいけど、ちがうなら、バカっぽく思われるでしょ」

いつもなら「何それ」と、あきれた声を出している。気にすることない、のひと言で片づけていたかもしれない。

でも、野々香の脳裏《のうり》に、前川さんが浮かぶ。忘れ物の文庫の件で話をした女の子だ。愛読しているのは乙女のレーベル、ラブリー文庫。

読んでいるのを誰にも知られたくない様子だった。そのことで、とやかく言われるのを恐《おそ》れていた。

気にするなとは野々香にも言えない。ラブリー文庫なら、からかう人はいるだろう。相手は軽い気持ちでも、それを心から愛する前川さんには深い痛手となる。いつまでもくよくよ引きずっても無理はない。

本は、その人の一番やわらかな部分と結びついている。傷つきやすい無防備《むぼうび》な部分だ。弱味でもあるのかもしれない。隠しているのが一番安全。

そう考えれば、ルナに向かって「アイドルの写真集でいいよ」と言うのは、とても失礼な話だ。

「ごめんね。自分が困っているからって、ルナに無理言って」

「やだ。どうしちゃったの、野々香」

抱《だ》きつかれ、頭をなでられ、あやうく泣きそうになってしまった。


帰り道、ひとりで商店街に寄った。ゆめみ書店には入れず近くでうろうろしていると、青山さんに声をかけられた。

いつもの制服姿ではない。休みの日だけど届けるものがあって、立ち寄ったそうだ。

「POPプロジェクトは進んでる？」

並んでベンチに座《すわ》ってすぐ尋ねられた。本について気づいたことを言うと、青山さんはわかるなあとうなずいた。

「私も似たようなものだわ。たとえばこの前話した結婚式の二次会、学生時代の友だちに会ったんだけどね、ほんとうのことがどうしても言えなかった」

「ほんとうのこと？」

「その人も本が好きで、この頃読んで面白かった本や、人気の話題作を聞かれたの。いろいろ思いつくままに答えたけれど、一番のお気に入りについては話せなかった」

意外だ。こんなに大人で、しっかりしてる人でも、口ごもったりためらったり、するんだろうか。

「相手がね、重厚なノンフィクションのファンなの。エンタメについては適当なことを言うのよ。悪気がないってわかっているんだけど、わざわざ話す気になれなくて」

野々香はなるほどとうなずく。青山さんはそのときのことを思い出しているのか、口を尖《とが》らせ、まるで子どもみたいだ。

「売場でイチオシしてる作家は、って聞かれたときも、ふたりの名前しかあげられなかった。そのときちょうど若手有望作家として、三人を取りあげてフェアをやっていたのに。もうひとりが、ほんとうは一番力を入れている人だったの」

「三人のフェア？　たしか、上苑《うえぞの》千里《ちさと》さんと、村風《むらかぜ》宗治《そうじ》さんと、新木真琴さん……」

青山さんははにかんだ笑みをのぞかせる。

「上苑さんと村風さんの名前は、すっと出たんだけどね」

「じゃあ一番って……」

新木真琴だ。野々香の中にさまざまなシーンが入り乱れ、くらくらしてしまう。

三ヶ月前にあったという結婚式の二次会、新木先生も出席していた。青山さんと友だちの会話を聞いてしまったのではないか。青山さんは先生に失礼なことを言ったわけじゃない。好きな作家として先生の名前をあげなかっただけだ。恥《は》ずかしくて。とやかく言われたくなくて。

でも先生は誤解した。二次会の場ではなごやかに話し、後日、店にたしかめに行ったのかもしれない。三人のフェアが平台に展開されている。けれど青山さんは自分の名だけ口にしなかった。なんていう、すれちがいだろう。野々香にはこんなふうにしか言えなかった。

「青山さんも描きませんか。ほんとうに特別な、宝物みたいな一冊を紹介するPOP」

いつもの仕事とは別に。それがなんなのかはわからない。新木真琴の本ではないかもしれない。でもきっと、つながるものがある。

学校では、ラブリー文庫が好きな前川さんが、野々香に封筒《ふうとう》を手渡した。中に厚紙が入っていた。

「これ……」

江國香織《えくにかおり》の『きらきらひかる』を紹介したPOPだ。

「私のすごく好きな本なの。イチオシするとしたら、これだと思って」

「ありがとう」

ほんとうに好きなものを隠して、わざわざ選んだ本ではないと、すぐにわかった。ロマンあふれるラブリー文庫に対して、『きらきらひかる』はかなりクール。でも、人が人を思う切なさや優《やさ》しさ、透明《とうめい》な輝《かがや》きが繊細《せんさい》に描かれている。

手作りのPOPにはラメが散らされ、きらきらしてる。

「すごく嬉しい。ほんとうにありがとう」

涙ぐみそうだ。感激していると、ルナが寄ってきた。

「私も描いたよ」

何かと思ったら、ホットケーキミックスを使ったお菓子《かし》作りの本だった。

「これ、絶対にいいから。まじでおすすめ。この本との出会いが私を変えたの」

こちらのPOPはケーキやクッキーのかわいいシールがたくさん貼《は》ってある。

「だめ？」

「ううん。ルナのだいじな本だね」

ゆめみ書店にしっかり置いてもらおう。家で作るお菓子なら、夏休みにぴったりだ。

浩一が作ってきたのも意外だった。

「吉川英治《よしかわえいじ》、『宮本武蔵《みやもとむさし》』？」

ポーズを決めた剣士《けんし》のイラストが、びっくりするほどかっこいい。描いたのは浩一自身とのことだ。こんな才能があったなんて。「ぜったいおもしろい」「一巻だけでも読んでみて！」と、熱いコメントが入っている。

秀臣も図書委員のPOPを持ってきた。一年生のが二枚。二年生と三年生が一枚ずつ。計四枚。気取ってポンと放り出すのではなく、いつになくだいじそうに一枚ずつ見せてくれた。

星新一《ほししんいち》のショートショートと、冒険《ぼうけん》家の秘境探検記と、中学生四人が主人公の話と、ミステリー作家の密室アンソロジー。

野々香が微笑んで受け取ると、秀臣も照れくさそうに白い歯をのぞかせる。

「あっという間に、もっともっとたくさん集まると思ったんだけどな」

「私もそんなふうに思ってた。でも、自分で考え、自分で選んだ一冊が、ちゃんと集まってるよ」

今度のことでは秀臣も痛い思いをしたらしい。協力的でない図書委員にいらだち、「とにかく書け」とはっぱをかけたところ、「押しつけるな」「ひとりでやれば」とそっぽを向かれたのだ。

それきりになるのかと野々香も案じていたところ、秀臣は今までの「図書委員会便り」から何冊かピックアップし、いろんなPOPを作り、もう一度みんなに交渉した。手間のかかったサンプルを見せられ、熱く口説《くど》かれ、図書委員のみんなの気持ちも変わったみたいだ。

学校側の動きもあった。ゆめみ書店の店長さんと副校長先生が知り合い、というのが後押しになり、ようやく許可が下りたのだ。七月中旬《ちゅうじゅん》のスタートも決定。

野々香たちはほっと胸をなでおろし、青山さんに先行の十点を伝えに行った。

「やったわね。さっそく準備に入るわ」

上機嫌の青山さんは、書店で使われていたPOPを貸してくれた。それを校内に展示し、さらに参加者を募《つの》る。描き方の相談に乗ったり、アイディアを出し合ったりして、これまで口をきいたことのない人とも言葉を交《か》わすようになった。

新木先生のことも忘れていない。

「昨日、叔父さんから電話があったんだ」

先生は今、取材先の北海道にいる。

「POPフェアのこと、言ってくれた？」

「うん。叔父さんの本もあるだろうから、ぜったい来るようにって話した。そしたら、行くってさ」

野々香と秀臣の、「やった！」という声が重なった。

「ぼくたちがしつこく聞いたから、叔父さんもちゃんと考えたみたいだ。昨日は、男らしくなかった、なんて言ってた。青山さんのことだと思うよ。帰ったら自分の仕事について、話したい人がいるんだって」

だったら誤解もとけるだろうか。青山さんの一番好きな作家。荒木さんが新木先生であること。想像するだけで、野々香の胸は高鳴った。

「中学生のおすすめ本　夏のPOPフェア」は、多くの人の助けや協力を得ながら、七月中旬のスタートにこぎ着けた。

前夜のうちに飾り付けが行われ、書店の計《はか》らいで野々香たち参加者は、学校に行く前の時間、開店前の店内に入れてもらった。

お客さんがひとりもいないフロアは新鮮《しんせん》で、それだけでも野々香は興奮してしまう。ルナや前川さんと一緒なのも嬉しかった。

「わあ、あったあった。ちゃんと並んでる」

「すごい。本格的」

「きれいだし、かっこいい」

新刊台のとなりのイベントコーナーに、大々的な飾り付けが展開されていた。天井から看板が吊るされ、台のまわりを夏らしく、ひまわりやスイカ、かき氷のパネルが彩《いろど》っている。生徒たちの選んだ本は個性豊かに並び、お手製のPOPが添《そ》えられていた。

自分の本をみつけた歓声《かんせい》が、方々からあがる。誰と誰がとなり同士なのか。あの本はこういう大きさなのか。一番目立つのはどれだろう。副校長先生や顧問の美濃部先生の

ＰＯＰも発見。

たちまち、わいわいがやがやとおしゃべりが始まった。中に、売れてほしいな、売れるといいな、という声も混じる。開店の時間になれば、一般のお客さんがやってくる。自分の書いたＰＯＰに引かれ、読みたいと思ってくれる人が現れたら、どんなに愉快《ゆかい》だろう。見知らぬ人と、本を通じて繋《つな》がれるのだ。

「自分のだいじな本が、誰かのだいじな本になるかもしれない。だったらすごいね。わくわくする」

いつの間にか秀臣と浩一がそばにいた。野々香の言葉に、ふたりともうなずく。

「青山さん、こういう仕事をしてるんだね」

「叔父さんもだ」

なんて素敵《すてき》なんだろう。それは、心と心を繋ぐ仕事だ。

放課後、野々香はもう一度、ゆめみ書店に行ってみた。お客さんの反応が気になるのは、秀臣も浩一も同じだ。三人の足は自然と速くなる。

イベント台のまわりは、噂《うわさ》を聞きつけてやってきた生徒やお母さんたち、商店街の人たちでにぎわっていた。

嬉しくて遠巻きに眺めていると、青山さんが駆け寄ってきた。

「初日から大盛況よ。みんな、ありがとう」

「飾り付けが立派だからですよ」

「うちのお母さんも来るって言ってた」

「なんか照れくさいな」

笑顔で話していると、通路の向こうから男の人が現れた。顔を見るなり、野々香も秀臣も浩一もハッとした。新木先生だ。初日に来てくれたのだ。青山さんも気づいたらしく、緊張《きんちょう》するのが伝わった。

先生は野々香たちをみつけ、爽《さわ》やかに会釈《えしゃく》したのち、さっそくイベント台に歩み寄った。人垣《ひとがき》の割れたところからのぞき込み、野々香と秀臣の渾身《こんしん》のＰＯＰを指さす。振り向いて、「これだね」と笑いかけてくれた。

そしてもう一枚、新木真琴の本を推《お》すＰＯＰに目を留《と》めた。

「これは……」

「私のです」

青山さんが近づいて、頭を下げた。

「お久しぶりですね。来てくださって嬉しいです。このＰＯＰは、私のだいじな本を選んで書きました」

「あ、ありがとうございます」

先生の声がうわずっている。そして青山さんから視線をそらし、また戻す。

「実はですね、あのこれ、私の書いた本なんです。今まで打ち明けられなくて、すみませんでした」

「荒木さんが？　え、今なんて……」

ふたりのやりとりを野々香たちは見守る。いつまでも眺めていたい幸せな場面だ。

最初のきっかけは一冊の文庫。

放課後の校内で、野々香は忘れ物らしき本をみつけた。手にとって、心が弾んだのをよく覚えている。お気に入りの作家さんの、待ちに待った新刊だったから。

でもそれは、まだ本屋さんでも売られていない本で、同じクラスの秀臣と、持ち主捜しが始まって、やっとのことでとなりのクラスの浩一にたどり着いた。真相は思いもしないものだった。

一冊の本を巡《めぐ》り、夢中で走りまわり、いろんな人と言葉を交わし、笑ったり悩んだりしてきた。これからもみつけたい。出会いたい。だいじな本に。人に。

となりに並ぶ秀臣も浩一も、同じようなことを思っているような気がした。

だいじな未来のみつけ方

1 小学校からの依頼《いらい》

七月中旬《ちゅうじゅん》から始まった「中学生のおすすめ本　夏のPOPフェア」は、商店街のゆめみ書店の一角を長いことにぎわせた。

本が売り切れて、残念ながら下げられてしまうPOPもあったけれど、新たに加わる本もある。生徒だけでなく校長先生や保健の先生の力作も飾《かざ》られた。

本屋さんに顔を出すのは野々香の日課だったが、フェアが始まってからは楽しみが増えた。今まで以上に通ってしまう。

今日も新しい出会いや発見があるかなと思いながら店に入ると、フェア台の前に人影《ひとかげ》があった。お客さんかしら、とゆるんだ頰《ほお》がたちどころにしまる。

同じクラスの高峯秀臣だ。気配に気づいたのか振《ふ》り向いて、向こうは向こうで眉《まゆ》をひそめた。そんな顔をされる覚えはない。してやりたいのはこっちの方。

負けずににらみ返してやると、秀臣の表情がふわりとほどけた。

「こんにちは。いらっしゃいませ」

声がして振り向く。野々香の背後に、素敵書店員の青山さんが立っていた。

「よかった、青山さんがいて。昨日はお休みだったでしょう？」

野々香の言いたかったセリフを秀臣が口にする。

「そうなの。ふたりは今日も元気そうね」

「これと一緒《いっしょ》にしないでくださいよ。元気ですけれど」

またしてもだ。「あんたねえ」と抗議《こうぎ》の声を出しかけたが、青山さんがなだめるように話を切り出す。

「ふたりがいてちょうどよかったわ。さっきね、第一小学校の校長先生がいらして、このフェアのことをとても褒《ほ》めてくださったの。ふたりは第一小の出身？」

「私はそうです」

「おれは第二」

「あら、小学校はちがうのね。校長先生に誰《だれ》の発案かと聞かれ、いぶき中学校の生徒ですと答えたら、やる気があって頼《たの》もしいと感心してらしたわ」

たった今の不快感が薄《うす》れ、野々香は口元をほころばせた。褒められるのはいつでも気持ちのいいものだ。

「それだけじゃないの。校長先生、小学校でも何かできないかとおっしゃってた」

「小学校で?」

「こういうPOPフェアの小学生版?」

「私もそう思ったんだけど、ちがうらしい。校長先生はたいてい土曜日の午後、小学校の図書室にいるんですって。よかったら来てほしいと伝言を頼まれたのよ」

思わず秀臣と顔を見合わせた。小学校の先生がなんだろう。

青山さんは仕事中とあって話を終えるとバックヤードに戻《もど》っていった。あとに残された野々香と秀臣はフェア台の横に立ち尽《つ》くし、「どうする?」「どうしよう」と何度も首をひねった。

行ってみようよと、積極的に言い出したのは浩一だ。

浩一の叔父《おじ》さんは作家の新木真琴で、内緒にしていたのを野々香と秀臣に突《つ》き止められた。秘密がバレて、顔色を変えていたのがずいぶん昔に思える。あれ以来、夏休みにもときどき会うくらいに親しくなった。フェアの企画を推《お》し進めたという意味でも、仲間だ。

秀臣が連絡すると自転車に乗って商店街までやってきた。青山さんの話に明るくうなずく。そんなにノリのいい方ではないので、意外に思っていると肩《かた》をすくめた。

「今度の土曜日、同じクラスのやつと遊びに行く約束してたんだ。でも昨日の夜に電話があって、熱出してダウンしたって」

「ひまになったの？」

ニカッと笑う。なるほどと納得《なっとく》し、野々香は秀臣を見た。

「おれは忙《いそが》しいよ。やらなきゃいけないことはたくさんあるんだ。宿題はもちろん終わっているけど、図書委員長として夏休みの間に」

「だったらいいよ。荒木くんと行くから。ルナにも声をかけてみる」

「その、図書委員長として、他校の図書室は見学すべきかもしれない」

野々香にとってはだいじな母校だ。わざわざやって来てケチをつけられてはたまらない。でも浩一が「一緒に行こうよ」と誘《さそ》い、秀臣も参加の方向で決まってしまった。

三日後の土曜日は夏休み最後の週末だった。待ち合わせは第一小学校の来客用玄関《げんかん》前に、午後二時。ルナを誘ったけれど、家族と買い物に行くからとパスされた。小学校よりも夏物ラストバーゲンをねだりたいらしい。

一番近くの野々香が約束の時間にたどり着くと、男子ふたりはもう来ていた。浩一は駅向こうの小学校なので、ふたりにとって第一小学校は初めての場所だ。校庭や体育館を面白《おもしろ》そうに眺《なが》めていた。

在校生の頃《ころ》は下駄《げた》箱のずらりと並ぶ出入り口を使っていたが、今日は校舎の途中《とちゅう》に設けられた来客用玄関からスリッパを借りて中に入った。体育館では部活の練習をやっているようだが、校舎の中は静かだった。

卒業して一年と数ヶ月なのに、廊下《ろうか》も壁《かべ》も教室も知らないよその家のようだ。そっぽを向かれている気がする。誰かに出くわしたら挨拶《あいさつ》しようと思ったのに、誰にもすれちがわないまま階段を上がり、野々香は先頭に立ってふたりを案内した。

図書室はさんざん入り浸《びた》った場所なので、見慣れた廊下に出てほっとした。壁に貼《は》り出されているのは、新刊を紹介する大きな模造紙だ。本の表紙はカラー印刷。それを貼り付け、おすすめのコメントを手描きで添《そ》えてある。

「なつかしい。私がいた頃と同じ。図書委員の手作りなのよ。私もせっせと書いた。これを読んで、面白そうだからと借りに来てくれる人がいると嬉《うれ》しかったなあ」

「おまえ、図書委員だったのか」

「今さら言わないでよ。ずっとそうだったの」

そして中学校でもなるつもりだった。秀臣のフライング立候補さえなければと思うと、今でもくやしい。

第一小学校の図書室は二階の一番奥《おく》だった。ドアをノックして引き戸を開けると、中は明るく、人の気配がした。生徒が遊びに来ているらしい。

野々香はたちまち木の棚《たな》と紙の匂いに包まれた。絵本も図鑑《ずかん》も読み物も地図帳も伝記も詰《つ》まった、ここはパラダイスだ。

「こんにちは。あら？　ここの生徒さん？」

ぼーっとしていると貸し出しカウンターから声がかかった。ボランティアで手伝いに入っている人だ。野々香のいた頃から近所の人が司書《ししょ》役を務めている。たいていは在校生や卒業生のお母さん。顔なじみもいたが、今日の人は初対面だった。

野々香が自己紹介をして校長先生のことを話すと、笑顔《えがお》でうなずいてくれた。ついさっきまでいたそうだ。用事があって職員室に行ったがすぐ戻ってくるだろうと言う。

待っている間、三人で図書室の隅《すみ》から隅まで見てまわる。秀臣はたびたび「えっ」と声を上げ、棚に手を伸ばして目を丸くした。出身校である第二小学校にはなかった本らしい。第一小学校の方が規模も大きく歴史も古いので、蔵書は充実《じゅうじつ》しているようだ。いいなあとうらやましがられ、素直に気持ちいい。

浩一はといえば、小学生の頃は図書室にほとんど行かなかったそうだ。なんてもったいない。野々香と秀臣が口をそろえて言うので、居心地《いごこち》悪そうに肩をすくめる。

そのとき、扉《とびら》が開いて男の人が現れた。背が高くて顔が四角い。目が細くて垂《た》れている。司書さんが「校長先生」と呼びかけた。野々香の知らない先生だった。

「今中学二年生ならば、ちょうど卒業と入れ替《か》わりだ。着任して二年になるんだよ」

ひとりっ子の野々香は、自分が卒業したあとのことをほとんど知らなかった。

「忙しいだろうに、今日はありがとう。男の子ふたりはちがう小学校だったんだね」

「ここの卒業生の方がよかったですか？」

秀臣が尋ねると校長先生は首を横に振った。

「ぜんぜんかまわないよ。実はね、中学生と小学生で何かしらの交流ができないかと思っているんだ」

「交流？」

「前の小学校にいるときから考えていた。生徒は卒業すると中学校で新しい友だちができる。勉強も部活も忙しくなる。小学校のことは忘れがちだ。未来に向かって羽ばたいていくという意味では悪いことじゃない。成長過程として好ましいだろう。でも同じ地域に住む子ども同士、いろんな繋《つな》がりがあってもいいと思うんだよね。小学生にとって中学生は近い将来だ。やりとりを通じて得るものがきっとある。中学生にとっても、年下の子と交流することで新たな自分をみつけられるかもしれない」

熱のこもった言葉で訴《うった》えかけられ、三人ともちょっと引いてしまう。

「ごめんごめん、いきなりいろいろ言ったらびっくりするよね」

校長先生は野々香たちを見まわし、ほんとうに困った様子で頭を掻《か》いた。細い目が思い切り垂れ下がるので、緊張《きんちょう》感がほぐれて笑いそうになる。

「この前、本屋さんで君たちの企画《きかく》を見て、わくわくしてしまったんだよ。自分のできることを考え、案を練り上げ、友だちと一緒に実行する。みんなが楽しめるものを作り上げる。現実にそれを見て、頑張《がんば》ればできるじゃないかと背中を押された気がした」

「交流って、つまり、どういうことですか？」

「うーんと。だから本を使って何かできないかな。これまでもスポーツや音楽について考えてみたんだ。けれど中学生が小学生を指導するという形になりがちだ。一緒に楽しむのはむずかしいかもしれない」

「工作？」

浩一がつぶやいた。

「そう、それもできそうではある」と校長先生。

「ブックカバー作り？　さっき本って言われたから」

野々香が思いつきを口にする。

「地味だよ。もっと盛り上がるものがいいな」

秀臣はいつでもどこでも派手好きだ。

「具体的に何がある？　ちゃんと考えてよ」

「考えてるよ。だいたい小学生といっても何年生だ？　一年生と六年生じゃぜんぜんちがうだろ」

くやしいけれどもっともな指摘《してき》だ。うかがうように視線を校長先生に向けた。

「やること次第だね」

「なにも決まってないんですか」

長身の先生は首を縮め、バツが悪そうにもう一度頭を掻いた。

小学校からの帰り道、コンビニで飲み物を買うと近くの公園に寄った。隣接《りんせつ》して公民館があり、建物の作る日陰《ひかげ》にベンチがあった。並んで腰《こし》かけたとたん、男子ふたりが口々に言う。

「あんまり校長らしくない先生だったな。長沢《ながさわ》先生か」

「気さくって感じ?」

「結局、先生のアイディアってあったっけ」

「さあ。聞いてないかも」

「だよな。まさかおれたちに丸投げ?」

一緒になって、そうだそうだと言うのは簡単だが、母校のこととなると笑ってもいられない野々香だ。黙《だま》ってアイスティーを飲む。秀臣に「寝《ね》ながら飲むな」と言われてしまう。

「寝るわけないでしょ。考えていたの。本をメインにすえて小学生とできることって何があるかなって」

「ふつうに考えれば読書会だよね」

浩一がもっともらしいことを言う。

「そうね。同じ本を読んで、感想をみんなで話し合う。年が離れていても、いろんな意見が聞けて面白いかもしれない。でも新しさはないでしょ。まだ誰もやってないようなことがやってみたいな。ゆめみ書店のＰＯＰフェアも斬新《ざんしん》だった」

横から秀臣が口を挟《はさ》む。

「おすすめ本のＰＯＰを作るってのはどこでもやってることだよ。でも中学生が参加したから珍《めずら》しかったんだ」

「それでいいの。珍しい試みって、新しい挑戦《ちょうせん》だったりするでしょ。何があるかわからないけど面白そうだからやってみる、これがわくわくするのよ」

「あの校長も、わくわくって言ってたな」

野々香が無茶な依頼を突っぱねられなかったのはそこにある。本を読むことそのものもわくわくするけれど、本を間に挟んでの交流でも感じられたら最高だ。

「だけど、じっさいに何かあるかな」

それが問題だ。

アイスティーを飲み終わってもぶらぶらしていると、公民館の中から子どもが出てきた。小学校の低学年くらいだろうか。幼稚園《ようちえん》くらいの小さな子も交じっている。みんなよく日に焼け、布の袋《ふくろ》をひとりずつぶら下げ、わいわいがやがやにぎやかに去って行く。

「夏休みの宿題をやってたのかな。好きな本を借りてったのかもしれない」

「本？」

「図書コーナーがあるのよ。誰でも自由に読んでいいし、ノートに書けば借りていくこともできる。私もよくここに来た。なつかしい」

絨毯《じゅうたんじ》敷きのフロアなので、寝転がって本を読むこともできる。木の机や椅子《いす》も用意されている。

のんびりするにはうってつけだが、小さな子どもが出入りするのでやかましい日もある。大声で騒《さわ》いだり走り回ったりは禁止されているものの、守らない子は必ずいる。いつしか足が遠のいてしまった。

「イベントもいろいろやってたな。子どもにもできるおやつ作りや、餅《もち》つき大会、かき氷や綿菓子《わたがし》の屋台が出る縁日《えんにち》、読み聞かせ」

「読み聞かせ？」

「絵本を読んでくれる人がいて、それを聞く会。知らない？」

浩一は首を傾《かし》げ、秀臣は「ああ」と気のない声を出す。

「絵本くらいひとりで読めばいいじゃないか。おまえ、字が読めなかったの？」

「へんな言い方しないで。そういう話じゃないの。人に読んでもらうと、同じ本でもちがうふうに物語が浮《う》かぶの」

「めんどくさい」

「はあ？」

露骨《ろこつ》にとげとげしい声を出してやる。

「知らないからってバカにするような言い方しないで。本にはいろんな味わい方があるの。なんでもかんでもひとりで勝手にやってきたから、協調性がないとか、わがままとか言われるんでしょ」

「おい、誰が言ってるんだよ。おれはそんなふうに言われたことはないからな。全部、自分のことだろ」

「冗談《じょうだん》でしょ！」

野々香が立ち上がり、秀臣も立ち上がり、ふたりして肩をいからせたところで浩一が間に入った。

「ケンカしてる場合じゃないよ。案を出そうよ、案」

「もういい。私、なんにもわかってない人と協力なんかできないし、やりたくない」

「わかっているよ。読み聞かせくらい知ってるよ。知っているから、あんなのくだらないって言ってるんだ」

ひどい。頭に血がのぼり、ほっぺたのひとつもひっぱたいてやりたかったが、浩一がじゃまでそれもできず、野々香は伸ばした手で秀臣の胸ぐらを突き飛ばしてから踵《きびす》を返した。

「何も泣くことないでしょ、野々香」

「だって、あんまりだよ」

「はいはい。ほら、ティッシュ」

公民館の前で秀臣たちと別れ、自宅までほとんど駆《か》け足で帰ったが、腹の虫が治まらない。ルナの家まで来てしまった。門の前でうろうろしていると、バーゲン帰りのルナにみつかり、家の中に招き入れられた。

「読み聞かせならルナも好きだったよね?」

小学校の一、二年のときはルナと同じクラスで、一緒に公民館に行った。

「うん。まあ。私は野々香みたいに本に興味はなかったけど、野々香が行こう行こうって言うからくっついて行ったの。そしたら思ったより面白かった。高峯くんとは逆で、自分で読むのはめんどうだから助かっちゃうっていうのもあるな」

だよねと、うなずきにくい内容だ。野々香自身は自分で読むのも好きなので、もしかしたら秀臣の言っていることが少しはわかるのかもしれないと、複雑な思いがよぎった。ひとりでじっくり活字を追い、頭の中にシーンが浮かび、心が揺《ゆ》さぶられるのも読書の醍醐《だいご》味《み》だ。

「でもさ、泣くほど腹を立てるっていうのも大げさじゃない? 野々香らしくないよ。高峯くんの暴言はいつものことだし」

「そうなんだけど、すごく傷つけられた気がしたの。私が、というより、私の思い出が」

「野々香のどういう思い出？」

聞き返されて、少しためらってから口にした。

「覚えてない？　読み聞かせのすごくうまいおじさんがいたでしょ。みんなからビトさんって呼ばれてた。ルナも知ってるはずだよ」

「変わった名前ね。外国人？」

「ちがうって。ほんとうはビトウさんだったのかもしれない。大人はそう呼んでいた気もする。漢字で書くと、尾っぽの尾に、藤って字かな。ビトさんは昔話も創作物語も雰《ふん》囲気《いき》たっぷりに読んでくれるから、ぐいぐい引き込まれる。その時間はあっという間にも感じられたし、何日も旅した気分になったりするの。魔法《まほう》みたいだった」

目をパチパチさせたルナが、「野々香らしいなあ」と笑う。

「そのビトさんって人、今もまだ読み聞かせしているの？　聞いてみたい。思い出すかもしれない」

「今ここで思い出してよ。なんてね。私もえらそうなことは言えないんだ。二、三年生の頃から児童コーナーに行かなくなって、読み聞かせの会も参加しなくなっちゃった。

ビトさんがどうしているのかもわからない。まだやってるかもしれないけど」

「ずっと会ってないの？」

「うん。読み聞かせに限らず、公民会のイベントにはときどき参加してたでしょ。ルナも一緒だったよ。お餅つき大会やお料理教室や。でもビトさんを見かけたことはなかったなあ」

そして自分はすっかり忘れていたのだ。秀臣の言動にカッとなったけれど、ずっと心に留め、思い続けてきたわけでもない。

「元気を出してよ。気になるなら公民館に行ってみよう。来る日がわかったらすぐ会えるよ。きっと喜ぶって、ビトさん」

「向こうは覚えてないよ」

「覚えてる」

ルナは自信たっぷりに言い切った。

「野々香みたいに夢中になって聞いてくれた子のことは、きっと忘れてない。まあ、私のことも覚えているだろうけどね」

「そうなの？」

「だってかわいい女の子だったもん」

今はもっとと言いたげにポーズを取ってみせるので、思わず噴《ふ》き出した。

沈《しず》んでいた気持ちが、おかげでやっと浮上《ふじょう》した。


翌週の火曜日、ルナも付き合ってくれると言うので、野々香はもう一度公民館に出かけた。公園の入り口で待ち合わせをし、バーゲンで買った新しい服を着たルナを引っぱって、久しぶりに建物の中に入る。

二階建てで、一階にはリノリウムの床《ゆか》の広い部屋と、職員の小部屋がひとつずつある。あとは絨毯敷きのフリースペース。児童書コーナーがそこの半分を占《し》めている。二階には大中小のサイズで、畳《たたみ》敷《じ》きの和室がある。

玄関で靴《くつ》を脱《ぬ》いであがると、早くも子どもたちの声が聞こえてきた。野々香は少し緊張する。自分の家のように我《わ》が物顔で出たり入ったりしていたのが遠い昔に思えた。ついこの前、小学校で味わった感覚と同じだ。

フリースペースに入ると、子どもが五、六人いて、大人も三人いた。大人のうち、ふたりはお母さんらしいが、ひとりはエプロン姿なので職員だろう。

子どもの頃は先生と呼んでいたけれど、教員の資格があるとは限らず、市から派遣《はけん》されているパートさんだとあとから聞かされた。名札がついているので、大人は苗字《みようじ》で呼んでいる。ビトさんの胸にも名札があった。

野々香は児童コーナーの一角にある本棚で、まずはどんな本があるのかチェックしたかった。気持ちを落ちつけるためにも必要なステップだ。けれどルナはまっすぐ大人たちの元へと歩み寄った。

こんにちはと声をかけているのを聞いて、野々香はあわてて追いかけた。近くで見ると、エプロン姿の人に見覚えがあった。名札を見ると「原田《はらだ》」とある。

「私たち、もっと小さいときによくここに来てました」

ルナの言葉に野々香も続けた。

「今日は近くまで来たので、久しぶりに寄ってみようかと。なつかしいです」

「あらそう。いらっしゃい。小学生じゃないわよね」

「はい。いぶき中学校の二年生です」

原田さんは野々香の母親より年上だろう。人の良さそうな顔でうなずく。

「お名前を聞いてもいいかしら。たぶん覚えていると思うわ」

「私が野々香で、こっちがルナ」

「前も、とっても仲良しだったわね。お餅つきのときに、あんこをからめるお手伝いをしてくれたのが野々香ちゃん。ちがう？」

「そうです。わあ、嬉《うれ》しい」

「食べに来て、そのあんこを洋服にこぼして大騒ぎになったのがルナちゃん」

小学五年生の冬だ。野々香の脳裏《のうり》に、白いセーターの上についた赤茶色のシミがよぎった。ルナを見ると、驚《おどろ》いたあと決まり悪そうにしていたが、肩をすくめて笑顔で舌を出す。野々香もつられて笑った。

「小さな女の子と思っていたけど、今は中学生か。すぐに高校生ね。大きくなるのの早いこと」

「原田さん、ぜんぜん変わらないです。あの、ここで読み聞かせ会をやっていたのも知ってますよね」

「ええ。今でもやっているわよ」

「だったらビトさんも来てますか？　私、ビトさんのおかげで本がますます好きになりました」

野々香の言葉に、原田さんの顔が曇《くも》った。

「たぶん、尾藤《びとう》さんっていう名前だったと思うんですけれど」

「そうね。知っているわ。でももう、ずっとここには来てないの」

どうかしたんですかと、尋ねようとして口ごもる。不安が大きく広がった。それをさっしたように原田さんが首を横に振った。

「心配しないで。お元気でいらっしゃる。引っ越《こ》されたわけでもない。ただちょっといろいろあって、うちにはあまり来てもらえなくなったの。尾藤さんのせいじゃないのよ。うちの方の不手際《ふてぎわ》。ほんとうに申し訳なかった」

「何かあったんですか？」

「ごめんなさい。こういったことはあまり話せなくて。尾藤さん、あなたたちのことはきっと喜ぶわ」

残念だとため息をつかれた。

「いらっしゃらなくなったのはいつ頃ですか？」

「そうねえ。六年くらい前になるかしら」

野々香が小学校一、二年の頃だ。公民館への足が遠のいたのは、ビトさんの読み聞かせ会が開かれなくなったからかもしれない。

「もう会えないでしょうか」

原田さんは迷う顔をしたが、広い教室の方から名前を呼ばれ、ごめんなさいと言いながらそちらに行ってしまった。しばらく待ったが戻る気配がないので、あきらめて帰ることにした。

もっと早くに思い出していれば、近況《きんきょう》を知る人が身近にいたかもしれない。何かあったのが六年前というのにも、野々香は気落ちした。自分を感動させた読み聞かせ会がずいぶん前に途切れ、それきりになっていた。


小学校を訪《おとず》れた帰り道に派手なケンカをして以来、秀臣とはやりとりがない。同じクラスだし、夏休みが終わればいやでも顔を合わせなくてはならないので、ほんとうにいやでたまらない。

浩一は心配してくれたのか、野々香のもとに電話がかかってきた。秀臣へのうっぷんをぶちまけたいところだが、怒《おこ》ってばかりでは引かれるだろうから少し我慢《がまん》した。かわりに読み聞かせについての思い出話と、公民館にもう一度行ったことを話した。

「そのビトさんって人、どこかで会えるんじゃないかな。ここには来てない、って言われたんだろ。どこかには行っているんだよ」

「そうか。読み聞かせを続けているのかな。だったら嬉しいけど、場所はぜんぜんわからない。どう探していいのかもわからない」

「うーん。そもそも、読み聞かせ会ってどういうところで開かれるの？」

「図書館とか本屋さんとか、幼稚園や小学校？」

最後の方は疑問符《ふ》がついてしまう。

「いろんなところでできるんだね」

「だからよけいにわからない」

「すごくうまいというのも手がかりかもしれないよ」

「そうなの？」

浩一は曖昧《あいまい》に笑う。これという考えがあるわけではないらしい。

「こういうとき、高峯だったら面白いひらめきがあるかもしれないね」

「ないよ。ぜんぜんない。不愉快《ふゆかい》なことを言われるだけ」

「あいつはあいつで、読み聞かせ会で何かあったみたいなんだ」

なんだろう。知りたいわけじゃないのに耳を澄《す》ます。

「本に関するイベントであんなふうに全否定するのはおかしいと思わない？　あとから聞いてみたら、急に口が重くなった。たぶん参加はしているよ。それも複数回」

「自分が思うように読んでもらえず、へそを曲げたのね」

目に浮かぶ気がする。小さい頃から生意気で高飛車《たかびしゃ》だったのだろう。読んでもらうのがまどろっこしくて、大いばりで先の展開をしゃべったのかもしれない。あるいは、まわりの子たちがうるさくて、えらそうに注意してケンカになったのかもしれない。ひょっとしたら、セリフにいちいちダメ出ししたのかもしれない。

きっとたしなめられて、逆恨《さかうら》みしたのだろう。

「いいよ、あんなのほうっておけば」

「でも校長先生とも約束したじゃないか。アイディアを出し合って、交流会のことを考えようよ」

秀臣だけならば縁《えん》が切れてもかまわない。かえってせいせいする。けれど本がらみの企画が持ち上がっているとなると、図書委員会に協力を頼むかもしれない。

電話を切ったあと、「あーあ」と声が出てしまう。ビトさんではなく小学校のことを考えなければいけないのに。

ぼんやりしていると、ビトさんの聞き取りやすいなめらかな声がよみがえる。おじいさんやおばあさん、娘《むすめ》さんや子どもまで、たくみに演じ分けていた昔話、嵐《あらし》の海を進む船の緊張感、妖怪《ようかい》たちのとんちんかんなやりとり、迷子《まいご》の子犬の哀《かな》しげな鳴き声。目をつぶると鮮《あざ》やかにシーンが浮かび、心が持って行かれる。

秀臣と自分はちがう経験をしたのだ。もしもビトさんの会に参加していたら、秀臣もあんな言い方はしなかったかもしれない。

それからも、読み聞かせ会について調べてはみた。ネットで検索《けんさく》したり家族に聞いたり広報誌をすみからすみまで眺めたり。

けれど何もみつけられないまま、夏休みは終わり二学期が始まった。教室には日に焼けたクラスメイトが集まり、大声でふざけたり物を投げ合ったり走り回ったりと騒がしい。

秀臣ももちろん登校してきたが、野々香の方を見ようともしない。もともと親しくしゃべる間柄《あいだがら》ではないのですましていると放課後、浩一がとなりのクラスからやってきた。

「ビトさんのことなんだけど」

その言葉に、近くにいたルナが寄ってくる。同じくらい近くにいる秀臣もちらりと視線だけよこす。聞こえているのだろうか。

「叔父さんに話したんだよ」

「新木先生？」

浩一の叔父さんは話題作を次々に出している若手作家だ。クラスメイトには明かしてないので野々香は小声で話しかけた。

「うん。読み聞かせの達人、ビトさんこと尾藤さん。そんなふうに言ったら、もしかして尾藤昭夫《あきお》さんじゃないかと」

「知ってるの？」

「元ラジオ局のアナウンサーだって」

地元のラジオ局の名前を言われた。

「叔父さんはその人がパーソナリティーをつとめる番組のファンだったらしい。十年くらい前に終わったそうだけど」

「プロのアナウンサーだからあんなにいい声で、語りもうまかったのかな。そんな気がしてくる。同じ人かどうか、たしかめたい」

「尾藤昭夫さんの顔写真があればいいんだよね」

逸《はや》る思いで野々香は帰宅し、自宅のパソコンで検索してみた。けれど尾藤昭夫さんの顔写真はみつからない。ラジオ局のサイトにも名前はなかった。退職したのだろうか。

野々香が会ったのは幼稚園の頃から小学校の低学年にかけて。六年前として、ビトさんは五十代より上だったと思う。あのときはまだ現役だったのだろうか。

そして元アナウンサーは退職したあと何をするのか。おかあさんに尋ねると、「話し方教室なんてのもあるわよ」と言われた。しゃべりのプロが講師役になるらしい。

ダメ元でカルチャーセンターを調べてみる。市内にもいくつかそういった場所があった。そして、駅ビル六階にあるカルチャースクールの中に、「奥の細道を読もう」という講座をみつけた。講師は尾藤昭夫とある。

これは、確かめに行かなくてはならない。

2　読み聞かせの達人

講座は第二と第四の木曜日、午前と午後に一回ずつ開かれるらしい。午前は無理なので、午後の終わる時間、夕方の四時半を目指して出かけることにした。ルナと浩一も一緒《いっしょ》に来てくれた。

駅ビルの六階まで上がると、フロアの半分がカルチャースクールだった。尾藤昭夫さんに会いたいと、受付の人に申し出るのが正しいやり方だろうが、人違《ひとちが》いかもしれないと思うと勇気が出ない。パンフレットなどが置いてあるソファーコーナーをみつけ、すみっこに固まった。

子ども向けの講座もあるので、出入りする人をチェックしながらパンフレットをめくる。一日体験という紹介《しょうかい》コーナーがあり、「奥の細道を読む」が取りあげられていた。

「ルナ、見て。写真が載《の》ってる」

机と椅子《いす》が並んだ教室があり、教壇《きょうだん》のところに男の人が座《すわ》っていた。小さな写真なのでよくわからないが、それっぽい気がする。

「ビトさんかな。受付の人に取り次いでもらおうか」

時計を見ると講座の終了時間を過ぎ、廊下《ろうか》の奥から人が出てきた。にぎやかな集団がいなくなったあと、中年の男性がファイルを片手に現れる。小柄《こがら》でお腹《なか》の出た、どこにでもいるような頭の毛の薄いおじさんだ。でも野々香は息を止めた。

真っ先に思い出したのはイソップ童話だ。『ウサギとカメ』や『金の斧《おの》と銀の斧』『北風と太陽』。

浩一に「あの人なの？」と尋ねられ、頭を縦に振《ふ》って歩き出す。制服の三人組に、向こうも気づいてきょとんとした顔になる。

「こんにちは。私、前に読み聞かせの会に参加していて……」

「は？」

「五、六年前、いぶき三丁目にある公民館でお話を聞かせてくれませんでしたか？」

「ああ。絵本や児童書を読む会？」

「そうです。ビトさんでしょう」

感動のあまり泣きそうになった。ルナにまた大げさと言われそうだが、一度は会えないかもしれないとがっかりしてからの再会だ。よけいに嬉《うれ》しい。

ビトさんは三人を空《あ》き教室へと招き入れてくれた。

「びっくりした。でも嬉しいなあ。今日はどうしたの。用事があってここに？」

「いいえ。この前、読み聞かせの会について思い出すことがあって、久しぶりに公民館に行きました。そしたらビトさんはしばらく来てないと。どうしても会いたくなって探しました。私はぜんぜん知らなかったけど、ラジオ局のアナウンサーだったんですね」

「ぼくに会いに来てくれたの？」

野々香だけでなくルナも浩一もうなずく。ビトさんは照れたように頭を掻《か》き、パイプ椅子《いす》に座《すわ》るようすすめた。自動販売機《はんばいき》で飲み物を買ってきてくれる。申し訳なかったけれど、いいからいいからと言われ、ありがたく受け取った。

「十年一昔《ひとむかし》と言うけど、あっという間のような、とても長い月日が流れたような不思議な気持ちだ。ぼくは若い頃に地元のラジオ局に就職《しゅうしょく》してね、番組のパーソナリティーもまかされた。やり甲斐《がい》はあったよ。いい出会いに恵《めぐ》まれ、毎日充実《じゅうじつ》していた。けれど五十二歳だったっけな、大病を患《わずら》い、続けることがかなわなくなった」

幸い手術が成功し、元通りとまではいかないまでも健康を取り戻した。けれどラジオ局への復職はかなわず、すっかり気落ちしてしまう。家でできる仕事を細々とこなしながら、趣味《しゅみ》でも持てばと家族に言われ、公民館に顔を出すようになった。

そこで読み聞かせ会を知り、読み手として参加するようになったという。

「とても楽しかった。ほんとうにね、とてもとても楽しかった」

ビトさんの声に張りが出て、表情も明るくなる。野々香たちもほっとして笑顔《えがお》で応えた。

「私にとってもすごくいい思い出です。本がますます好きになりました」

「そう言ってもらえるのが一番嬉しい。パーソナリティーをつとめていたのも、本を紹介する番組だったんだ」

黙《だま》って聞いていた浩一が「それでか」と言う。

「ぼくの叔父《おじ》さんがその番組のファンで、読み聞かせの達人、ビトさんのことを話したら、尾藤昭夫さんじゃないかと言い出したんです」

「ほう」

「荒木くんの叔父さん、今は作家さんなんですよ」

思わず口が滑《すべ》った。浩一はいいよと言ってくれる。

「ちょっと待って。なんていう名前の作家さんだろう。君の叔父さんならまだ若いよね」

「まだ公表してないので内緒にしてもらえますか。新木真琴です。ご存じないかもしれませんが……」

「知ってるよ」

浩一の弱気な言葉に、ビトさんの声がかぶさる。

「もちろん知っているとも。初期の頃から注目して、ずっと読ませてもらっている。彼が君の叔父さん？　いや、出身がこちらというのは何かで読んだ。いぶき市だったとは。それに、ぼくの番組を聴《き》いてくれてたの？　うわあ、光栄だなあ」

「叔父さんの方が喜ぶと思います」

それからも、ビトさんの聞かせてくれたお話について盛り上がる。なつかしい本の名前がぽんぽん飛び出す。

身も心も弾《はず》んでくるが、すべて「だった」の過去形で語られるのに気づき、野々香は寂《さび》しくなった。ビトさんは今、朗読ボランティアをしながら、カルチャースクールなどで講師をしているそうだ。

「子どもを対象とした読み聞かせはもうやらないんですか」

言いにくそうに、「それがね」と目を伏せる。

「三丁目の公民館で、失敗をしてしまったんだよ」

「失敗？」

「熱心に話を聞いてくれた女の子がいてね。会が終わってからも話したそうな顔をしているから、ときどき声をかけてた。自分からはほとんどしゃべらないんだ。とても恥《は》ずかしがり屋なのか、話すのが苦手なのか。ただ、言葉をかけるとうなずくし、ぽつぽつ単語を口にするので、会話にはなっていたんだよ」

公民館では昔から本の貸し出しを行っている。その女の子はビトさんが読んで聞かせた本を借りて行きたそうにした。『ねずみの嫁《よめ》入り』だったという。けれど他の子ががっちり胸に抱《かか》えて離さない。

女の子はあきらめた様子でちがう本を持ってきた。『14ひきのシリーズ』だった。まったくちがうタイプの話だが、こちらも主人公はねずみたち。ビトさんは愉快《ゆかい》になって「いいね」と笑いかけた。

「その日、女の子は怪我《けが》をしたのか右手に包帯を巻いていた。本を貸してもらうには、備え付けのノートに日付と書名と名前を書かなくてはならない。不自由な手でペンを持っているのを見かねて、ぼくは代わりに書いてあげると言ったんだ。でもそのとき、暴れ者の男の子たちがプロレスごっこを始めてね、そっちを叱《しか》るのにも忙《いそが》しかった。気がつくと女の子は本を手提《てさ》げ袋《ぶくろ》に入れ、ぺこりとおじぎをして出て行った。ぼくは笑顔で片手を上げたよ。わかった、ちゃんと書いておくよ、という合図だった」

ところがいざノートに向かってみると、本名を知らない。マリちゃんと呼ばれていたし、自分も呼んでいたのでそれだけを記入した。

書名についても、はたと困る。『14ひきのシリーズ』というのはまちがいないが、タイトルをしっかり見なかった。表紙の雰囲気からするとシリーズ二作目の『あさごはん』だろうか。ブルー系や茶系ではない。黄緑色が目を引くイラストだった。あとからもう一度確認しようと思いつつ、その日は今後の予定を聞かれたり、絵本の新刊を紹介されたりとあわただしく、うっかり忘れてしまった。

そして翌週、打ち合わせのために公民館に出向いたところ、玄関《げんかん》から飛び出してくる子がいた。マリちゃんだ。顔をくしゃくしゃにして泣いている。

ビトさんは驚《おどろ》いて声をかけた。すると振り向いて、ビトさんだとわかると肩をそびやかした。

頭を大きく横に振り、握《にぎ》りしめた拳《こぶし》を上下させ、怒《いか》りもあらわに地団駄《じだんだ》踏《ふ》む。思い切り睨《ね》め付けられ、ビトさんはたじろいだ。火を噴《ふ》くような感情は、すべて自分に向けられている。

最後は聞き取れない声でわめき、マリちゃんはくるりと背を向けた。反対の方角へと駆《か》け出す。後を追ったが間に合わず、すぐに見失ってしまった。

仕方なく公民館に戻《もど》ると、中は中で揉《も》めていた。その頃、入ったばかりの職員がいて、貸し出しノートにきちんと書いていない子を厳しく叱りつけたという。まわりで見ていた上級生があわてて他の職員を呼びに行き、ビトさんが中に入ったときは、まさに新旧の職員が言い争っているところだった。

ことの発端《ほったん》となったのはマリちゃんの借りた本。袋に入れて持ってきたところ、ノートに書かずに持ち出すとはルール違反《いはん》だと、頭ごなしに注意した。

「だったら……」

「そうなんだよ。マリちゃんはぼくに頼《たの》んで借りていった。ルールは破っていない。名前やタイトルをいい加減に書いてしまったのはぼくなんだ」

「『あさごはん』ではなかったんですか？」

「『ぴくにっく』だった」

野々香は「ああ」と天井を仰ぐ。表紙が頭の中に浮《う》かぶ。たしかに似ている。

「新しい職員もノートは調べたというんだよ。でも『ぴくにっく』というタイトルはなかった。名前も、女の子はどうやら苗字《みょうじ》を言ったらしい」

ちょっとしたボタンのかけちがいだ。けれど女の子は最初から疑いの目を向けられ、一方的になじられた。口惜《くや》しかっただろう。腹が立っただろう。

「もちろん、ぼくはマリちゃんにあやまりたかった。心から詫《わ》びたいと思った。信頼《しんらい》してくれたのに傷つけるようなことをしてしまったからね。申し訳なかった。でも、彼女はそれから二度と公民館には現れなかった。方々手を尽《つ》くして探したが、どこの誰《だれ》なのかもわからないままだ」

「小学生か、幼稚園《ようちえん》くらいだったんですよね。小学生ならまわりの学校のどこかにいるはずじゃあ……」

ビトさんは哀《かな》しげな顔で首を横に振った。

「職員が聞いた『小野《おの》』という苗字と、マリという名前ではそれらしい子がみつからなかった」

気落ちしたビトさんは読み聞かせに集中できなくなり、ボランティアを断るようになった。公民館への顔出しも減り、大人相手の講座を持つようになった。

「あの頃の小さな子どもたちが、もう中学生なんだね。よかったと言ってくれる人もいるのだから、いつまでも後ろ向きな気持ちでいてはいけないか。昔からくよくよ気にしてしまう性分《しょうぶん》なんだよ」

最後は声を出して笑ってくれたけれど、無理をしているような気がした。今まで心の奥にしまい込み、忘れようとしていたのに、野々香たちが現れたことで思い出させてしまったのかもしれない。

駅ビルから出るとすっかり日は傾《かたむ》いていたが、そこで別れる気になれず、野々香はルナや浩一と共に商店街に向かって歩いた。

何かあったから公民館に来なくなった、というのは職員の原田さんも言っていたけれど、ビトさんは読み聞かせそのものを今はやってないらしい。野々香にとってはそれが残念でたまらなかった。

「マリちゃんがみつかればいいのにね。ちゃんとあやまることができたら、ビトさんも気持ちの整理ができるでしょ」

「野々香、マリちゃんのことを覚えてる？」

「うーん。さっきから思い出そうとしてるんだけど」

話しながら歩いていると、向こうから来た人に「こんにちは」と声をかけられた。

「青山さん」

書店の制服を着てないので、気づかず通りすぎるところだった。

「今日はお休みの日ですか？」

「そうなの。野々香ちゃんたち、今日は三人なのね」

ルナと浩一も「こんにちは」と挨拶《あいさつ》する。

「高峯くんとは別行動か」

わざわざそんなふうに言われて野々香は首をひねった。秀臣とは一緒でない方がずっと多いはずだ。でも青山さんは何か言いたそうな顔をした。どうかしましたかと尋《たず》ねてみる。

「実はね、さっきまで郊外店《こうがい》に行っていたの」

「ショッピングモールの中の、ゆめみ書店？」

青山さんはうなずく。

「これからイベントも担当することになったの。今日は向こうのイベントの見学」

「何か催《もよお》し物があったんですか？」

「小さなお子さんを対象にした読み聞かせ会よ」

野々香もルナも浩一も一瞬《いっしゅん》、驚く。すぐに思い出す。書店にとっても恒例《こうれい》のイベントなのだ。商店街の店は手狭《てぜま》なのでむずかしいが、広々とした郊外店では定期的に開催《かいさい》される。告知ポスターが商店街にも貼《は》られるので知っていた。

「そしたらそこで、高峯くんを見かけたの」

「もしかして、いやなことを言われませんでしたか？　バカにするような顔をしていたとか」

「ううん。ぜんぜん。どうかしたの？」

「いえ、その」

「高峯くん、とても熱心に見学していたわ。最初から最後まで立ったままで、お話に耳を傾《かたむ》け、子どもたちの様子を見守っていた。知り合いのお子さんの付《つ》き添《そ》いかとも思ったんだけど、読み聞かせが終わると、子どもたちが立ち上がる前にいなくなってしまったの」

「何やってるんだろう」

見まちがいではと野々香は言いたくなる。でも青山さんならそれもないだろう。

「今日はひとりなのねと思っていたら、ここで野々香ちゃんたちにばったり会って、こちらは三人でしょ。ちょっと気になって」

「絶縁《ぜつえん》中なんです」

「あらら」

「もともと縁なんてない方が平和なので、ちっともかまわないんです」

野々香のふくれっ面の横から浩一が言う。

「ふたりがぶつかった原因が読み聞かせです。中井さんは読み聞かせに楽しい思い出があって好き、高峯は悪い思い出があるらしく嫌《きら》い。あっという間に衝突《しょうとつ》して、お互いに無視するようになっちゃいました。それじゃ困るのに」

「とってもわかりやすい説明だわ。様子が目に浮かぶ。でも今日の高峯くんを見る限り、読み聞かせを嫌っているようには思えない。おかしいわね」

「ですよね。中井さん、話しかけてみなよ。あいつはあいつで、誰かに聞いてほしいことがあるのかもしれない」

なんで私がと、浩一に言い返したかったが、青山さんが心配そうな顔をするので反論しにくい。その場は受け入れたふりをしながら、心の中で絶対イヤだと叫《さけ》び、浮かんでくる秀臣の顔にそっぽを向いた。


月曜日に学校に行くと、当然のように秀臣と口を利《き》くつもりはなかったが、ひとつだけ気になることがあった。

ゆめみ書店の郊外店で行われたイベントでは、なんの本が読まれたのだろう。秀臣が思わず聞き入ってしまうほどの本だったのか？　はたまたそうなってしまうほど、上手な人が読んでいたのだろうか。

一度気になると止まらず授業に身が入らない。昼休みに廊下を歩いていると秀臣とすれちがったので、野々香は思わず「ねえ」と呼び止めてしまった。

「なんだよ」と、感じ悪い目つきで振り向く。たちまち後悔《こうかい》するが、用事がないのに声をかけたと思われるのもいやだ。

「この前の土曜日、ゆめみ書店の郊外店で読み聞かせ会があったんでしょ。なんの本が読まれたの？」

秀臣はとてもわかりやすく動揺《どうよう》した。なんでおまえが知っているんだとわめく。

「見かけた人がいたのよ」

「たまたまだよ、たまたま」

「はいそうですか」

「おれは読み聞かせが嫌いなんだ。あんなのどこがいいんだよ。ちっとも良くない。本はひとりでじっくり読むのが一番なんだ。誰かに読んでもらうような会をありがたがっているやつの気が知れない」

不思議なことに、いつもだったら秀臣の暴言《ぼうげん》にむかむかして、かーっとなって、言い返さずにいられないのだけれど、今日のところは困ってしまうだけだ。頭の中には、郊外店の児童書コーナーに立つ秀臣の姿がよぎる。

たまたま近くにいただけかもしれないが、長いことその場にいたのは、本人の意志と無縁ではない。

「なんの本が読まれていたの？」

もう一度、同じ質問をした。秀臣はしばらく黙り込んでから、つぶやいた。

「『はれときどきぶた』」

「ああ、あれ」

「定番すぎるだろ」

「だねえ。でも受けるでしょ」

「そりゃまあ、鉄板《てっぱん》ネタってやつだからな」

「今でもそうか。すごいよね、名作」

「もう一作は、『赤いろうそくと人魚』」

「うわっ。どうしたの。反則でしょう」

「ほんとだよ。油断も隙《すき》もあったもんじゃない」

それにしても渋《しぶ》いねえと頭を振り、腕を組み、ふたりでうなずき合ってハッとする。今は絶縁中なのだ。そもそも、顔も見たくない相手だ。急に気まずくなり、「トイレに行かなきゃ」と言いながら、野々香はその場から離れた。

引き続き困ってしまう。感じ悪く毒舌《どくぜつ》をまき散らすが、本人が言うほど、読み聞かせを嫌ってはいないのではないか。

放課後、小学校との交流イベントについて、アイディア出しをしようと浩一に言われた。場所は図書室の一角だ。

秀臣とどんなふうに話せばいいのかわからなかったが、断る理由もない。野々香が行ってみると男子ふたりはすでに来ていた。ルナにも声をかけたが、他の友だちに用事があるとのことで遅《おく》れて来るそうだ。

そんな話をしながら同じテーブルを囲んでいると、思ったより早くにルナが現れた。新しいリップクリームの試供品《しきょうひん》を友だちからもらったとはしゃいでいる。その話はいいからと、本日の議題に入ろうとしたが、「待って」とルナが言う。

「その前に、だいじな話があるの。ビトさんのことよ」

「は？」

「土曜日のあの話を聞いて、私、なんかへんだなと思ったのよ」

「何が」

「野々香はマリちゃんのことを覚えている？」

またそれかと思った。正直、ぼんやりとしか覚えていない。自分と同じ年頃の女の子が児童コーナーの片隅《かたすみ》で熱心に本を開いていた。絵本を一緒にのぞき込んだこともあるかもしれない。話しかけるとにっこり微笑《ほほえ》んだ。天使みたいにかわいらしい笑顔だった。そんな曖昧《あいまい》な記憶《きおく》だ。

「ルナは覚えているの？」

「うん。あのね、私の知っているマリちゃんは、ビトさんの話とちがうの」

「どうちがうの」

「マリちゃん、男の子だったよ」

野々香だけでなく、浩一も秀臣も驚いてかたまる。秀臣は浩一からいろいろ聞いているらしい。

「まさか。なんでルナがそんなこと知っているの」

「一緒に遊んだから。野々香を待ちながら、ひとりで公園で遊んでいたら、マリちゃんがいたの。名前を呼んだらすぐに来てくれて、ふたりでブランコに乗ったり、ジャングルジムに登ったりした。私、『マリちゃんっていくつ』って聞いたのよ。同じ年だった。学校も聞いた。アメリカだって」

「え！」

もう一度、絶句する。

「カタカナを言われたけど忘れちゃった。地名だったのかな。おうちがふたつあって、今はアメリカの家に住んでいるんだって。意味がぜんぜんわからなかった。だってここはアメリカじゃないでしょ。日本だよ。それくらいは一年生の私にもわかったからね。今思うと、アメリカに住んでいて、日本に遊びに来ていたのかも」

それが事実ならば、ビトさんが近隣《きんりん》の小学校を探してもみつからなかったはずだ。

「男の子っていうのは？」

「自分のことを『おれ』って言うの。男の子みたいって言ったら、男だもんって。それだけじゃないよ。その子が公園のトイレに行くのが見えたんだ。男子用に入って、そこから出てきた」

重要なポイントかもしれない。どんなに男の子っぽいしゃべり方をしていても、女の子は男性用トイレに入れないだろう。

「あの子が男の子……」

おいそれとは信じられない。けれど、今だって一年生くらいの子を見たら、男女の区別がつかないかもしれない。マリという名前も、アメリカに暮らしているなら、男の子でもありうるかもしれない。だから別人だとは言い切れないけれど、違和感がぬぐい去れない。

「ビトさんも女の子だと思っていたよね」

「うん」

「ルナ、なんでそのときに教えてくれなかったの？　男の子ってこともアメリカも大ニュースじゃない」

「そうなんだよね、ごめん。よく覚えてない。言うタイミングがなかったのかな。ビトさんの話を聞くまで、マリちゃんのことはほんとうに忘れてた」

野々香は気を取り直し、「そうだよね」とつぶやく。ほんのちょっとしたことで言いそびれ、それきりになってしまう。ありえることだろう。小さな子には小さな子なりに、大ニュースや大事件は日々起きている。ころりと忘れてしまうのも得意だ。

「それで」と、秀臣が口を開く。

「どうするつもり？」

「どうって」

「探すんだろ。家がふたつあるってことは、日本にある家を残して、アメリカに行ったんだろう。親の仕事の都合じゃないか？　五、六年経《た》ってるし、もう帰ってきているのかもしれない。そうだったら、おれたちと同じ中学二年になっている」

「帰国子女《きこくしじょ》？　それだけで探せるかな。そうだ。名前もわかっている。小野マリちゃん。もしくはマリくん」

「あの公民館の近くなら中学は絞《しぼ》れる」

とっさに腰が浮いた。野々香は「やろう、頑張《がんば》ろう」と拳《こぶし》を握りしめた。

浩一が「あーあ」と声を上げる。

「今日の話し合いのテーマ、これとちがったんだけどな」

「いけない。そうか」

「でもいいよ。ビトさんの件が落ち着かないと、他には集中できないんだよね」

笑顔で言われたので、野々香も座り直してぺこりと頭を下げた。

秀臣はと言えば、目が合ったのにすぐそらす。協力してくれるかどうかはわからないが、さっき探すと言い出したのは秀臣だし、基本的にやりたがり屋の男だ。少しくらいはおだててやろうと思った。

三丁目にある公民館は、町と町の境界線に近いところに建っている。公民館を中心に半径一キロメートルの円を徒歩圏《とほけん》として地図に描《えが》くと、学区に重なる中学校が三つあった。ひとつは野々香たちの通ういぶき中学校。あとのふたつは西ヶ谷《にしがや》中と大山《おおやま》中だ。

野々香たちはさっそく自分たちの中学校を調べた。全学年の全クラスを確認したが「小野マリ」という名前の子はいなかった。マリ子、マリエ、マリカ、マリサ。男だったらマリオ、マリオット、いろいろ候補を挙げてみたが似通った名前も出て来ない。あとは他校を当たるしかない。秀臣には図書委員としての横の繋《つな》がりがあるので、さっそく聞いてくれると言う。野々香とルナも、西中ならばお菓子《かし》研究部を通じての知り合いがいる。急いで問い合わせた。

浩一は駅向こうの大山中に、同じ小学校の友だちがいるという。浩一のいた小学校はいぶき中と大山中に分かれたのだ。

方々に手を尽くし、知り合いから知り合いへと声をかけてもらい、一週間後にはだいたいの情報が集まった。けれど結果は同じだった。それらしき中学生はいない。

「まだ帰ってきてないのかな」

「アメリカのどこだろ」

「公立ではなく私立の学校に入ったのかもね」

「もっと手がかりがあればなあ」

野々香、ルナ、浩一、秀臣のつぶやきだ。

「帰国してないならしょうがないけど、まだ探し切れてない可能性もあるよね。もっと手がかりがあれば、探しようがあるもの。ビトさんや公民館の原田さんに会ってもう一度よく聞いてみようか」

野々香が言うと、秀臣がむずかしい顔になって首をひねる。

「その前に、気になっていることがあるんだ。マリちゃんって子は公園で遊びながら、アメリカのことや同じ年ってことをいろいろしゃべったんだろ？　でもすごく無口だったという話も聞いた。おかしくないか」

「たしかに。少しおかしいかな。どうよ、ルナ」

「そう言われても。あの日はいつもより元気がよくて、はきはきしてたんだよね」

待てよと、野々香は思う。

「ルナがひとりで公園にいたのっていつのこと？　私はそのときどこにいた？」

「公民館だよ」

「ルナを待たせて、中で何をしてたんだろう」

ひとつだけすんなりひらめく。

「読み聞かせ会だった?」

「かもしれない。野々香に誘われて、私は公民館に行ったんだよ。でも聞かずに外で待っていた。へんだね。なんでだろう」

驚いたように目を見開くルナが、小さな頃と同じ顔に見える。野々香の遠い記憶が刺激された。

「ルナはねずみの出てくる話が苦手だったんだよ。幼稚園の頃にお化けねずみが出てくる本を読んで以来、ダメだった」

「うん。そうだ。すごく嫌いだった」

「ビトさんの読み聞かせ会の日だから、公民館まで来た。でもいくらビトさんでも、ねずみの話はいやだと言って外で待つことにした」

浩一と秀臣が身を乗り出して口々に言う。

「もしかしてその日の本は、『ねずみの嫁入り』?」

「だったらマリちゃんって子は参加してるだろ。公園にいるのはおかしい」

その通りだ。ありえない。しばらくしてルナが両手でほっぺたを押《お》さえる。ひゃーと騒ぐ。

「やめて。こわい。私の会っていたのって、ひょっとしてマリちゃんの幽霊《ゆうれい》？　それともドッペルなんとか？　そういうのあるんでしょ。そっくりの分身が同じ時間、ちがう場所に出るっていうやつ。やだ。どうしよう。見たらどうなる？　大丈夫？　お祓《はら》いとかしなきゃいけない？」

「落ちついてよ。誰も幽霊なんて言ってないから。本物のマリちゃんは公民館の児童書コーナーにいて、ビトさんの話を聞いていたはずだよ。だから、ルナが会ったのはマリちゃんじゃない」

「ほら、幽霊でしょ。マリちゃんと名前を呼んだら来たんだよ。顔だってそっくりだったし」

「そして男の子。無口じゃなくてふつうに話せる」

「そうそう」

答えはひとつではないか。

「双子《ふたご》じゃないのかな。男の子と女の子の双子。今はわからないけど、小さい頃はよく似てたのかもしれない」

ルナは口を開けて固まり、浩一は手を叩《たた》き、秀臣は自分が真実を突《つ》き止めたかのようにふんぞり返る。そしてえらそうに「よし」と言う。

「もう一度、洗い直そう。帰国子女で双子。苗字は小野。女の子の方はマリという。新しい情報がみつかるかもしれない」


ルナはしばらく双子ショックを引きずりふらふらしていたが、野々香は気を取り直して再び他校の生徒に問い合わせた。

めぼしい反応は得られなかったが、浩一がそれっぽい情報を摑《つか》んできた。

「小六のときにアメリカから帰国し、今は大山中の二年。バスケ部のレギュラー。双子の妹がいるらしい。名前は大野《おおの》テル」

「大野？　小野じゃなくて？」

「そうなんだ。だから前に聞いたときは話に出なかった」

小さな子が大人から叱られ、名前を言わされる。日本語の発音がうまくなかったのかもしれない。「おおの」と言ったつもりが「おの」にされてしまった。

「ありえるね、大野でも」

「確認《かくにん》ってどうする？」

野々香は急に胸がどきどきしたが、こういうときは面《つら》の皮が厚くて傍若無人《ぼうじゃくぶじん》の秀臣が頼もしい。

「乗り込《こ》むしかないだろ。アポなしでかまわないよ。バスケをやっているなら放課後の体育館で捕まるんじゃないか？」

その言葉通りに誰にもなんの連絡《れんらく》も入れず、野々香たちは二日後の夕方、いぶき駅をはさんで北側にある中学校へと出かけていった。浩一の自宅からはそっちの方が近いのだが、学区の関係上、いぶき中学に通っている。

他校の校舎というのはどうしてこうよそよそしいのだろうか。灰色の建物が街路樹の間に見えてくるにつれ、野々香の緊張《きんちょう》は高まった。

下校途中《とちゅう》の中学生と次から次にすれちがう。大山中の男子の制服は白いワイシャツに黒いズボン、いぶき中は濃《こ》い灰色のズボン。似たようなものなので他校生でも目立たない。けれど女子は大山中が紺《こん》の無地スカートに対して、いぶき中はチェックのスカート。けっこうちがう。

ついつい腰が引けてしまうが、傍若無人の秀臣は涼《すず》しい顔で校門をくぐる。ついでに図書室に寄っていこうかなどと余裕《よゆう》たっぷりだ。

誰かに見咎《みとが》められたらすぐさま秀臣の後ろに隠れるつもりでいたが、体育館まで難なく移動できた。

ルナは念入りに髪《かみ》を整え、スカート丈《たけ》を短くして、新しいリップクリームも塗《ぬ》っている。校舎が近づくにつれてしゃんと背筋を伸《の》ばし、校門の内側では乱れた髪の毛を何度も直す。大山中にはスカウトマンはいないと思うよ、と言ったら、口コミがあるかもしれないでしょうと返された。

なんの口コミだろう。いぶき中にはかわいい子がいる、とでも言ってもらいたいのか。

「マリちゃんの方がかわいくなっていると思うな」

「野々香、なんか言った？」

いえいえ何も。

体育館まで来ると、中からジャージ姿の一群が出てきて圧倒《あっとう》された。四人してぼさっと立っていると、怪訝《けげん》な顔をされてしまう。さっきまで余裕たっぷりだった秀臣は、いつの間にか野々香の後ろにいるではないか。

思わず「あんたねえ」と言いかけたが、そんな野々香の前で足を止めた人がいた。髪の毛をひとつに結んだ女の子だ。胸にバインダーのようなものを抱《かか》えていた。不思議なものでも見るような目で野々香たちを見まわす。

「すみません、私たち、いぶき中の……図書委員なんです」

いろいろちがうところもあるが、この際《さい》だ。

「ちょっとお尋ねしますが、体育館の中にバスケ部の人たちはいますか？」

「いるけど、なんでいぶき中の図書委員がこんなところに？　図書室だったら校内よ」

「バスケ部の大野テルくんに聞きたいことがあるんです」

女の子の表情が動く。夏休みが終わった今の時期、部活をやっているのは一年生と二年生だ。少しは人数が絞られているかもしれない。

「聞きたいことって何？」

「大野テルくんには、マリちゃんっていう双子の妹がいるかどうか、知りたいんです」

これまた思いがけない言葉だったらしく、女の子は眉《まゆ》を寄せた。

「昔、読み聞かせの会でマリちゃんという子と一緒でした。テルくんの妹じゃないかと思うんです」

「なに言ってるの。ぜんぜんわからない」

後ろから突然《とつぜん》、秀臣が割り込む。

「公民館だよ。公民館でやってた、よ、み、き、か、せ」

「あのねえ」

野々香はあわてて押し戻す。

「マリちゃんともう一度会いたくて、ずっと探してたの。大山中にいるかもしれないとわかって、今日は友だちと一緒に来てみたんです」

「待ってよ。勝手に校内に入っちゃいけないんじゃないの。先生を呼んでくるわよ」

大きな声を出され、身がすくんだ。まわりにいた生徒たちも眉をひそめてこちらを見る。今度は浩一が間に入った。

「わかった。校外で会うからいいよ。話をしてくれてありがと。もう帰るよ」

浩一に「さあ」と促《うなが》され、野々香も秀臣もルナも体育館に背を向けた。ほんとうなら駆け出してしまいたかった。我慢《がまん》して、なんでもないような顔をして歩く。精一杯《せいいっぱい》の強がりだ。

無事に校門を出られ、ほっとして息をついた。

「ああ、恐《こわ》かった。捕まったらどうしようかと思っちゃった」

野々香が言うと、ルナはうなずいたが秀臣はけろりとしている。

「さっきはいきなり何よ。よけいに怒《おこ》らせちゃったでしょ」

「取り次ぎは無理っぽかったから、キーワードを叩き込んでおこうかと」

「はあ？」

浩一とルナにそれぞれ引きはなされる。よその学校の前でやめてよ、と。

仕方なく歩き出したがみんなの足取りも重い。冷たい対応をされて、いやな汗《あせ》がどっと噴き出した。わざわざよその学校まで来たのに、失敗に終わってしまった。これからどうすればいいのかわからない。このままではビトさんに何もしてあげられない。

駅までの道をだらだら歩いていると、後ろから足音が近づいてきた。振り向くと、半《はん》袖《そで》のTシャツにハーフパンツ姿の男の子が駆けてくる。四人が立ち止まると、男の子もそばまで来て足を止めた。

「あんたたち、いぶき中の？」

息を弾ませて言う。額や首筋に汗が伝い、それを首にかけていたタオルで拭《ぬぐ》う。

「そうだけど」

「公民館や読み聞かせって何のこと?」

さっき秀臣が投げかけたキーワードだ。

「あなたはもしかして」

「大野テルだよ。おれに話があって来たんだって聞いたから」

野々香はルナと手を取り合い、その場で飛び跳《は》ねてしまった。男ふたりも親指をぎゅっと立てる。

「ねえねえ、私のことを覚えてない? 公民館のとなりの公園で一緒に遊んだんだよ。でも、あの頃とぜんぜんちがうね。背が高くなっちゃって」

ルナの言葉に大野テルは口元をほころばせた。たしかに背が伸びて、野々香より頭ひとつ分、いや、それ以上に高い。浅黒く日焼けして精悍《せいかん》な顔立ちだ。これならちがうクラスの子でも顔や名前を知っているだろう。

「あのとき嘘《うそ》をついたの? 私はマリちゃんとばかり思ってた。そう言ってたよね」

「ごめん。子どもの頃はすごく似てたし、おれ、名前がテルだから。てるてる坊主ってからかわれるのがイヤだった。それでつい」

「すっかりだまされた」

ルナが調子っぱずれな声で言ったので、笑い声がおきた。

「マリちゃんも今、大山中の二年生になっているんだよね」

「うん、まあ、そうなんだけど」

とたんにテルの表情が翳《かげ》る。しきりにタオルで顔や首筋を拭《ふ》く。

「昔からなんだけど、あいつは人見知りが激しくてさ。しゃべるのが苦手なんだよ。おれを訪ねてくるのはいいけど、あいつにはあんまりかまわないでほしい」

「覚えている。恥ずかしがり屋だったよね。でも本は好きだったでしょう？」

野々香が尋ねると、テルはすぐにうなずいた。

「向こうに行ってる間も日本の本をほしがって、買ってもらうこともあったし、誰かに借りることもあった」

「よかった。今でも好きなんだ」

「マリは、公民館で読み聞かせ会っていうのに参加してたんだよな」

テルを囲むみんなの顔つきが少し変わる。

「マリちゃん、何か言ってた？」

楽しい思い出が一変してしまう事件があった。

「よくわからないんだ。読み聞かせの会はすごく気に入っていて、必ず参加していた。おれは外の方が好きだったから、一緒に行っても公園で遊んでばかり。マリは会のない日でもひとりで出かけていたらしい。公民館には本があったから。でもあるとき、アメリカに戻る少し前、泣きながら帰ってきて珍《めずら》しく大騒ぎになった。自分の本を床《ゆか》に投げつけ、みんないらない、みんな捨てるとわめき散らして。あんなのはあとにも先にも一回きりだ。お母さんがなだめてなんとかおさまったけれど、そっとしておかなきゃダメだと言われただけで、理由は教えてもらえなかった。公民館とか読み聞かせとかの言葉を聞いて、あのことをすぐに思い出した。それで追いかけてきたんだ。あんたたち、なんか知ってる？　ただマリに会いに来ただけ？」

話せば長くなる。言葉を選んできちんと話さなくてはならない。どうしても伝えたい、だいじな人の気持ちがある。

二日後の夕方、部活が早く終わるというので、野々香たちは駅前広場でテルを待った。約束の時間より少し遅《おく》れたが、今度は制服姿で現れた。

野々香は久しぶりに公民館を訪れたこと、何かあったらしいビトさんが気になり、みんなで探したことを話した。なんとか再会までこぎ着けたものの、ビトさんの痛恨《つうこん》のミスを知り、じっとしていられなくなったのだ。

「そんなことがあったのか」

「マリちゃんを叱りつけた人は、そのあとすぐ配置換《が》えでいなくなったんだって。小さな子どもの相手が向いていなかったんだろうと、ビトさん言ってた」

「ひどい話だな。そりゃ傷つくわ。ちゃんと約束を守って借りていったのにな」

「うん」

「あいつは昔から口べたで、誤解されやすいんだ」

テルはさらりと言ったが、野々香はとても哀《かな》しくなった。たとえしゃべるのが苦手でも、極端《きょくたん》に口数が少なくても、あのときあの場でマリちゃんのことを誤解している人はほとんどいなかった。

マリちゃんが本好きというのは言葉を交《か》わさなくても感じ取ることができた。だから親近感を覚え、今でも思い出そうとすると、その面影はやわらかなパステル色に包まれている。ルナも同じだろう。好感を持った女の子だから公園で見かけて声をかけた。

ビトさんもだ。自分の語りを熱心に聞いてくれる子に、ちゃんと気づいていた。本を借りていこうとしているのを見て、すすんで手を差し伸べた。

「マリちゃん、未《いま》だにあの頃のことは嫌《いや》な思い出でしかないかな」

「どうだろう」

「ビトさんのこと、怒っているかな」

しょうがないのだろうか。あやまるチャンスはもらえないだろうか。

「おれ、話してみるよ」

「ほんと？」

「あのとき何があったのか、おれが知ったのは今だから、あいつの気持ちはさっぱりわからない。でもこんなふうに心配してくれる人がいるんだもんな。黙っていろと言われても、しゃべっちゃうよ」

テルは暗く沈《しず》みがちだった雰囲気《ふんいき》を、塗り替《か》えるように明るく笑った。日に焼けた顔に白い歯がきらりと光る感じで、見ている方もつられて頬《ほお》がゆるむ。くれぐれもよろしくと、テルにしつこく言って別れた。

それからも野々香はマリちゃんのことで頭がいっぱいだった。テルから話を聞いた彼女はどんなふうに思うだろう。自分はうまくビトさんの思いを伝えられただろうか。

一方ルナはぜんぜんちがうことを考えていたらしい。大山中にもう一度行こうとしつこく言う。体育館の前で口を利いた女の子は、テルが好きにちがいないと言う。自分とテルは小さい頃に遊んだのだから、幼なじみという関係じゃないかと言う。

「うちの中学に練習試合に来ないかなあ」

ついには用もないのに、野々香を体育館へと引っぱっていく。

「ルナもバスケ部に入れば？　練習試合で大山中に行けるかもよ」

「無理。もう二年だもん。筋トレとか走り込みとかぜったい続かない」

野々香も本気では言ってない。

「なんでお菓子部は西中との交流しかないのかなあ。そうだ、図書委員会に入ろうかな」

「うちのクラスにはもういるよ」

「補欠でいいわ」

ルナのことはほっておくとして、もうひとつ真面目に検討しなくてはならないことがある。小学校の校長先生からの宿題だ。あれから半月が経ってしまった。待っているかもしれない。いいかげんにはしたくない。せめて途中経過だけでも伝えたい。

でもその「途中」までも行ってない。なかなか集中できない。

野々香は学校の帰りに書店に寄ってみた。雑誌の棚《たな》や新刊の積んである平台《ひらだい》を眺《なが》め、ポスターの貼ってある壁《かべ》にも目をこらす。いいアイディアは降ってこないだろうか。

いつの間にか児童書コーナーに立っていた。『はれときどきぶた』をみつけたときは、自然と笑みがこぼれた。今でも読み聞かせに選ばれるらしい。

郊外店のイベントでは誰がどんなふうに読んだのだろう。子どもたちはどんな顔で聞いただろう。秀臣も、だ。思わずぷっと噴き出しそうになる。

そして、『てぶくろをかいに』『あひるのバーバちゃん』『ちいさいおうち』『三びきのこぶた』『ながぐつをはいたねこ』、読んでもらった思い出の本たちだ。

野々香は一冊を手に取り、表紙を開いた。活字を目で追い、心の中で読んでみる。声に出したらどんな気分だろう。親戚《しんせき》の子どもに読んであげたことはある。けれど、ほんとうに小さな子だったので短い絵本だった。弟や妹がいたらもっと本格的に読み聞かせができたのに。

「いいな」

思わずつぶやいた。

ビトさん、いいな。

大変なこともたくさんあっただろう。いやなことも、困ってしまうことも、がっかりしたこともあったにちがいない。腹の立つこともあったかもしれない。

でも、活字を目で追うだけではない本の味わい方を体験している。声に出して読む。誰かのために語る。目の前に反応がある。

面白いような気がする。

3　一緒に行こう

小中学校の交流イベントについては図書委員の美濃部先生に声をかけられた。

小学校の校長先生から中学校の校長先生へと話があり、美濃部先生にもまわってきた。

「なんですぐに相談してこない。もちろん、高峯にもそう言っておいたけれどね」

「すみません。校長先生、怒《おこ》ってました？」

「どっちの？　うちの校長には前々から持ちかけられていたみたいだ。実現できるかなと聞かれてしまった。第一小の長沢校長は君たちに声をかけたことを伝えてきて、むずかしかったかなあと心配しているそうだ」

一番渋《しぶ》い顔になっているのは美濃部先生らしい。

「図書委員会としてもできることはお手伝いしようと思っている。両校長先生に頼《たの》まれたからね。あくまでもサポート役だ。今回は二年生が主体となり、自由参加の形式を取ることになりそうだ。こちらが午前授業の日に小学校に出向き交流会に参加する。きちんとプランが決まり、実行のメドが立てばの話だな」

あとから聞いた話では、さっそくよそのクラスの図書委員より、ビブリオバトルではどうかと提案があったらしい。時間を決めて好きな本を紹介し、どれが一番読みたくなったかを投票などで決めるゲームだ。小学校の高学年を対象とすれば、中学生にも引けを取らないプレゼンができるかもしれない。

なるほどと思ったけれど、好きな本を紹介するというのはＰＯＰフェアでやっている。野々香の心を揺《ゆ》さぶったりくすぐったりするアイディアではなかった。

テルから連絡があったのは翌週の水曜日だった。会いたいので土曜日の朝九時に駅まで来てくれと言う。練習試合があり、自由時間がとても少ないらしい。

野々香たち四人が駅前広場に集合すると、大きなバッグを肩《かた》に掛《か》けたテルが現れた。ひょっとしたらマリちゃんもと思ったが、他に人影《ひとかげ》はなかった。

「ごめんごめん、こんな時間に呼び出して」

「これから試合？」

「九時二十分の電車に乗らなきゃいけないんだ」

誰よりも早くルナが「えー」と声を上げた。テルは責められたと思ったようだが、ルナはただ残念がっているだけだ。

「気にしないで。忙《いそが》しいのはわかっているから。マリちゃんの反応はどうだった?」

「すごく考え込んでいた。あ、ルナちゃんと野々香ちゃんのことは覚えているみたいだったよ」

「ビトさんのことは?」

「それが……」

テルは唇《くちびる》を噛《か》んでから、地面に置いたバッグのポケットをまさぐった。

「手紙を預かってきた」

差し出された封筒《ふうとう》を野々香は受け取る。白いレースと水色のリボンがあしらわれている。やわらかな優《やさ》しい雰囲気《ふんいき》の封筒だけれど、問題は中身だ。

「何が書いてあるんだろう」

「さあな。ビトさんに渡《わた》してほしいって」

裏返すと「大野マリカ」とあった。これが本名なのだ。

なんと言っていいのかわからず、立ち尽《つ》くしている間にも時間が流れてしまう。九時十五分になり、テルは「よろしくな」「頼んだよ」と言いながら改札口へと駆《か》けていった。

後ろ姿を見送ったあともぼんやりしてしまったが、ルナの盛大《せいだい》なため息を聞いて我に返る。

「つまんない。ほんとうにあっという間。帰って寝直《ねなお》そうっと」

みんなで「ええ？」と目をむく。早起きして入念におしゃれをしてきたらしい。じゃあねと手を振《ふ》り、言葉通りに帰ってしまう。なんてやつだと思うが、とてもらしいので笑うしかない。

そして笑ったら、心が少し軽くなった。

「ビトさんに渡そう」

突然《とつぜん》の話をテルから聞き、マリちゃんはさぞかし驚《おどろ》いただろうが、数日かけて考えてくれたのだ。思いを込《こ》めた手紙なら、どんなものであれ、きちんとビトさんに届けたい。

さっそく駅からビトさんに電話した。幸い家にいて、出かける用事があるので支度《したく》をしていたところだという。

マリちゃんを見つけ出したことと、本人にはまだ会えてないが、手紙を預かったことを伝えた。電話口で何度も「ほんとうかい」と言われる。お父さんの仕事の関係でアメリカに住んでいたことも話した。

電話を切り、駅前広場で待つこと三十分。路線バスに乗ってビトさんがやってきた。秀臣だけは初対面だ。挨拶《あいさつ》して、ベンチに腰《こし》かけた。

ついさっき預かったばかりの封筒を、今度は野々香がビトさんに差し出した。受け取ってビトさんは口をつぐむ。手の中の封筒をみつめていた。

「これから打ち合わせがあってね」

「私たちならいいです。気にしないでください。手紙はいつでも、ビトさんの都合のいいときに読んでください」

待っている間に話し合ったことだった。マリちゃんが数日考えて書いた手紙ならば、ビトさんも気持ちを落ちつけてゆっくり読んだ方がいい。

「それよりも」

唐突《とうとつ》に秀臣が言った。

「ビトさんの読み聞かせって、おれ、聞いてみたい」

「どうしたのいきなり。嫌《きら》いなんじゃないの、そういうの」

「おまえがあんまりしつこく言うからだよ」

「あ、ぼくも聞きたい。読み聞かせというか、朗読会ならあるんですか？」

「えーっ。そうか。私も行く。参加する。予定、教えてください」

口々に言われ、目をパチパチさせたビトさんだが、照れたように微笑《ほほえ》んで頭を掻く。

「今日の打ち合わせって、そのことなんだよ。対象が子どもではなく一般向けになるんだが、誰でも参加できる朗読会だ」

野々香と浩一は歓声《かんせい》と共に拍手《はくしゅ》した。

「それはいつ、どこでですか？　なんの本を読むんですか？」

気取った顔で秀臣が尋ねる。

「十月下旬の土曜日。場所はゆめみ書店の郊外《こうがい》店だ」

野々香たちにとって小さなニュースではなかった。ビトさんと別れたあともその話題でひとしきり盛り上がった。

郊外店は大型ショッピングモールの中にあり、九月末、新たに喫茶《きっさ》コーナーが設けられる。イベント開催のスペースとしても積極的《せっきょくてき》に活用されるらしい。ビトさんの朗読会が開かれるのもそこだ。野々香たちと顔なじみの書店員、青山さんもイベント担当として関わる。

絶対に行かなきゃね、どんな感じになるだろう、参加者募集《ぼしゅう》はいつからだろう。わいわい話しながら、駅前で浩一と別れた。秀臣とふたりになり、自然と足は商店街のゆめみ書店へと向かう。

「この頃、本屋さんに入ると児童書コーナーをうろうろしちゃうんだ」

「ふーん」

「絵本ってすごいね。何十年も昔のものがしっかり棚《たな》に置かれているの。小さな子にとっては古いも新しいもなく、面白いから選ばれて読まれる。なんだかかっこいい」

「絵本だけじゃなく、『もりのへなそうる』や『くまの子ウーフ』も」

「そうそう。タイトルだけでわくわくしてくる。あ、校長先生に頼まれたわくわくする企画もなんとかしなきゃ。この頃、読み聞かせのことばかり考えちゃうんだよね。私も読んでみたいな、とか。読んだらどんな気分かな、とか。ダメだね」

商店街の真ん中で、秀臣が足を止めた。ゆめみ書店の看板が見えるところまで来ていた。

「だったら、それをやればいいじゃないか」

「それ？」

「対象が小学一年生でもいいんだよな。中学生が小学校で読み聞かせ会を開くんだ」

とまどう野々香を置いて、秀臣は歩き出す。

「なに突《つ》っ立ってるんだよ。どういう本がいいのか、見に行こう」

誰がいつ、どこで、何をするって？　中学生が読み聞かせ？

できるの？　そんなこと。

勝手知ったるゆめみ書店に入ると、野々香と秀臣はほとんど脇目《わきめ》も振らずに、恒例《こうれい》の新刊チェックだけすませると児童書コーナーにまわった。

一口に児童書と言ってもジャンルはさまざまだ。乳幼児のいわゆる赤ちゃん絵本、一般的な絵本、図鑑《ずかん》、読み物、クイズやなぞなぞ系、怪談《かいだん》の類《たぐい》、新書サイズの児童書文庫、世界と日本の古典名作。

野々香たちがのぞき込むのは読み物と古典名作だ。

なじみ深いお気に入りの本はいくつもあるが、手にしたときの分厚さに首をひねる。

読み聞かせるとなると、長いものは不向きかもしれない。童話《どうわ》の古典名作も幼稚園前後の子はさておき、小学生だとみんな知っているだろう。知っている話でも聞く者を引きつけられればいいのだろうが、初めての人間にはむずかしい。

となると創作の、最近の話がいいのだろうか。

「こうしてみると、知らないシリーズが出てるね。読んでない本がいっぱい」

野々香の言葉に秀臣もうなずく。手には見慣れぬ妖怪《ようかい》シリーズがある。

「今はこういうのが流行《はや》っているのかな」

「でも自分が面白いと思えるものを読むのが基本だよね」

「思ったようには受けない場合もあるんだろうな」

秀臣の言葉に今度は野々香がうなずく。ふたりの目の前の棚にあるのは、初版から数十年も経《た》っているようなスタンダードな創作童話だ。一生懸命《いっしょうけんめい》読んでいるのにとなりの子としゃべっていたり、あくびをしたり、立ち上がってどこかに行ってしまったら、きっとがっかりせずにいられない。

そんな想像をめぐらせたため、野々香は棚に手が伸《の》ばせなかった。

「高峯くんはなんで読み聞かせが嫌いなの？　いやな思い出があるの？」

「いやというより、苦い思い出」

なんだろう。

「言わない」

先手を打たれてしまう。

「ふざけている子を注意してケンカになったとか、先の展開をしゃべって顰蹙《ひんしゅく》を買ったとか、いちいちセリフの言い回しにケチをつけて怒られたとか」

「誰の話だよ。おれはそんなに馬鹿《ばか》じゃない」

あとはなんだろう。思いつかない。

「とりあえず、読み聞かせっていうのは一案だよね。ルナや荒木くんにも言ってみる」

「やるとしたらおまえが読むわけ？」

「別に、私じゃなくてもいいよ。やりたい人がやればいいし、それをサポートするのも面白そう。ビトさんも頼めばアドバイスをくれるかも」

「ビトさん自身は子ども相手の読み聞かせって、もうやらないのかな」

手紙しだいでは、と野々香は思った。マリちゃんの書き記した手紙に何が書いてあるのか。それによってビトさんの気持ちは大きく変わるだろう。

その日のうちに野々香はルナに、秀臣は浩一に、読み聞かせ会のアイディアを伝えた。賛成か反対かの前に、「できるのかな」と言われてしまう。小学校側がOKするか。中学生に人に聞かせられるレベルの語りができるのか。

週明けの月曜日、野々香たちはさっそく美濃部先生にかけ合った。「おまえたちは」とあきれられてしまう。

「なんでそう、一筋縄《なわ》ではいかないことを思いつくんだろうな。ビブリオバトルでいいじゃないか」

「それもやればいいと思います。小学校の高学年はそっち。低学年は読み聞かせ会」

「やりたいやつがいるのか？　ちゃんとできるのか？」

「頑張《がんば》ります。誰もいなかったら、私ひとりでやります」

口にしてから胸がどきどきした。心細くて震《ふる》えてしまいそうになる。けっして秀臣のようなやりたがり屋ではないし、目立つのが好きなわけでもない。いやな思いをしたくない。恐《こわ》い目にも遭《あ》いたくない。がっかりするのも、されるのもいやだ。

でも、一冊の本の持つ想像力をもっとたくさん味わってみたい。お話に耳を傾《かたむ》けるほんの短い時間に、幼い日の自分はとても豊かな広がりを得た。あれをもう一度体験してみたい。

「先生も詳《くわ》しくないが、ただ読めばいいものではないんだろう。自分たちにできるかどうか、もっとよく調べてみなさい。思いつきだけではウンと言えないからね」

釘《くぎ》を刺《さ》され、野々香たちはおとなしくその場を引き下がった。

全面的な否定ではない、上々な手応えだと秀臣は相変わらずの前向き思考だ。ルナは何を読もうかなと真剣《しんけん》に悩《なや》んでいる。

浩一はビトさんを気にする。書店で開かれる朗読イベントが、叔父さんの本になるかもしれないと言うのだ。それはそれでほっておけない。

「青山さんと会ったり、電話でしゃべったりしてる。イベントの件じゃないかな」

「仕事とは限らないでしょ。先生と青山さん、すでにいい雰囲気《ふんいき》だもん」

「叔父さんがそんなに早く女の人と付き合えるわけない。デートにこぎ着ける前の段階だと思うんだ」

「先生の本に決まったら、楽しみが倍増《ばいぞう》する。ビトさんに聞いてみようか。まずは読み聞かせのことを相談して」

何が優先事項《じこう》なのか、もはやわからない状況《じょうきょう》だ。ルナも秀臣もかけろかけろと騒《さわ》ぐので、浩一の携帯を借りて学校からビトさんに電話した。

実はと言って、まず切り出したのは読み聞かせの件だ。小学校と中学校のコラボ企画について話す。自分たちにもできるかどうか。恐る恐る相談すると、明るい声で励《はげ》ましてくれた。協力についても快《こころよ》く引き受けてくれる。

素晴《すば》らしい進展だ。美濃部先生にも胸を張って報告できる。野々香はマリちゃんの手紙のことも尋ねた。ビトさんの声や受け答えが生き生きとしているので、元気良く活動的になっているのは、手紙のせいだろうと思ったのだ。

けれどちがった。

「まだ封を切ってないんだ。マリちゃんはいろいろ考え、気持ちを整理して手紙を書いてくれたんだろう。ぼくの方もしっかりしなくては。朗読会は自分の意志で引き受けた仕事だ。手紙の内容にかかわらずきちんと準備して、来てくれた人に楽しんでもらいたい。そう思っていたところ、野々香ちゃんから電話をもらった」

スピーカー機能を使っていたので、みんなにも聞こえている。野々香と同じくビトさんの話に集中していた。

「読み聞かせについてももう一度、初心に戻《もど》って取り組みたい」

「ほんとですか」

「ああ。頑張りたいと思えるものがせっかくあるんだ。だいじにしなきゃね。マリちゃんにも、前に向かって進んでいる『ビトさん』を見てほしいよ」

あの頃より、前に。そして未来は、今より前に。

立ち止まってしまうことも、寄り道もあるけれど、そこで終わりにはしないだけの力を持てればいいなと思う。


野々香たちの意気込んだ報告を受けて、美濃部先生は校長先生に、読み聞かせ会のアイディアを伝えた。中学から小学校へと話はまわり、小学校の校長先生からも前向きに検討したいとの返答があった。

にわかに野々香たちは忙しくなった。まずはやってみたい人を募《つの》らなくてはならない。

秀臣は「そんなのいるか」と今になって全否定するようなことを言い出したが、二年生には英語のスピーチコンテストに出場した男子がいた。演劇部で芸達者なところを見せる女子もいた。

ふたりは「えー」「小学生か」「ちゃんと聞いてくれるかな」と言いつつも、興味はあるらしい。さっそく近所で開かれる読み聞かせ会を調べると、駅向こうにある図書館に予定があった。英語スピーチ男子と演劇部女子も誘《さそ》い、野々香たちは見学に出かけた。

そこでは「たんぽぽ会」という読み聞かせサークルがお話を披露《ひろう》していた。今日の本は昔話が二作と、創作絵本が一点。参加者は幼稚園前後の子どもが中心だ。小学校一年生だともう少し字の多いものでもいいだろう。

問い合わせたときに司書さんには話していたので、サークルの人たちも聞いていたらしい。挨拶するとにこやかに迎《むか》え入れてくれた。野々香たちは子どもたちの後ろで見学させてもらう。

じっさい自分が読む側にまわるかもしれない、あるいは、読む側のサポートをすると思うと、今までとはまったくちがって見える。

読み手の挨拶の仕方や、笑顔の向け方、呼びかけ、飛んでくる声への返し方まで、ひとつずつ心にメモする。子どもは体育座《ずわ》りで真剣に聞く子もいれば、くねくねと動く子もいる。無邪気《むじゃき》に笑ったり驚いたりしているのを見ると、新鮮《しんせん》な感動を覚えた。

会が終わったあとも、野々香たちはサークルの人たちからアドバイスを受け、帰る頃には英語スピーチ男子も演劇部女子もすっかりその気になっていた。

九月末には正式に小学校から、やってみましょうとの返事があった。開催《かいさい》時期は十一月の中旬。本の紹介《しょうかい》合戦であるビブリオバトルも採用され、そちらは六年生を対象に行われる。読み聞かせ会は一年生が対象だ。中学校からは二年生の有志が参加する。

図書委員は一年生も加えてサポート役に就《つ》く。委員長である秀臣は両方のイベントに気を配らなくてはならない。ビブリオの方は案を出した他のクラスの生徒がメインとなり、読み聞かせは野々香がまとめ役になった。

そして野々香も読み手として、初めての試みに挑戦《ちょうせん》することになった。

本を選ぶのに迷い、候補作を絞《しぼ》って声に出して読んでみる。学校では友だちに聞いてもらい、たんぽぽ会の練習にも出させてもらった。

ビトさんは野々香たちの参考になればと、中学校と小学校の両方に来てくれた。その場で読んでくれた昔話はさすがの名人芸だった。なんでもないように、一行目をすっと読むのだけれど、すぐに引き込まれる。軽い気持ちで耳を傾けているように見えた両校の先生たちもすぐに姿勢を改めた。

大げさな抑揚《よくよう》の付いていない聞き取りやすい声が、ほんのちょっとの間合いで雰囲気を醸《かも》しだす。セリフのひとつひとつが巧《たく》みに演じ分けられ、深みのある語りが物語世界を緻密《ちみつ》に作り上げる。

お話が終わってビトさんが本を閉じると、「ほう」という吐息《といき》のあと、拍手が起きた。野々香とルナは思わず抱《だ》き合ってしまう。ふたり以外は初めて聞いたので、無邪気に興奮している。子どものころの自分たちとあまり変わらない。

そのビトさんの本領発揮《はっき》とも言える朗読会は、五十人の定員を大きく上回り、立ち見が出る勢いで開催された。野々香たち中学生は遠慮して立ち見にまわった。

朗読されたのは浩一の予想通り、新木真琴の短編集の中の一編だった。すでに読んでいる話だったが、ビトさんの声によって結ばれるイメージはまたちがう。言葉が艶《つや》やかに生き生きと立ち上がり、動き出す。

話そのものは、誤解が生んだすれちがいにより心を閉《と》ざした主人公が、いくつかの出会いを通じて再生していく物語だ。

ビトさんの声は、平静を装《よそお》う主人公の寂《さび》しさやもどかしさを、聞く側に伝える。自分にも覚えのある感情だ。夜空の暗さや風になびく草木、遠くの街明かりが頭の中に浮かび、知らず知らず肩に力が入っている。そしてクライマックスで描《えが》かれる人のやさしさがひたひたと胸に迫《せま》る。主人公と一緒《いっしょ》に涙《なみだ》ぐんでしまう。

と、そこで、となりに立つ男が鼻をすする音を野々香は聞いた。ちらりとうかがうと、秀臣が目を潤《うる》ませている。今にも涙がこぼれそうになったところで瞬《まばた》きし、また鼻をすする。

感動するのは悪いことじゃない。でも泣いてしまうのは気恥《は》ずかしい。誰にも気づかれたくない。その気持ちはよくわかる。

ひょっとしてと野々香は思った。秀臣は小さい頃、読み聞かせで素直に涙ぐみ、まわりの子にからかわれたのかもしれない。かっこつけの激しい気取り屋にとって、許しがたい屈辱《くつじょく》だったのか。

確かめたいけれどそっとしておこう。今はきっとリハビリ中なのだ。

朗読会の締《し》めは、書店の店長さんからの花束贈呈《ぞうてい》だった。ビトさんは照れながらも嬉《うれ》しそうに受け取っていた。大きな拍手と共に閉会となった。

青山さんにも挨拶がしたくて探すと、新木先生と一緒だった。いつからだろう。新木先生も聞きに来ていたのだ。目配せすると、浩一もルナも秀臣も気づいて身を乗り出した。

これもそっとしておかなくてはならない。青山さんと新木先生が楽しげに言葉を交わしている光景は、野々香にとってのなりたい未来、憧《あこが》れだ。

「あーあ、素敵でいいな。私はテルくんが来てなくて寂しいよ」

ルナはため息をつき、秀臣はきょろきょろする。

「マリちゃんはどうなんだ？」

「さあ。立ち見は多いし、遅《おく》れて来る人もいるし」

野々香もできることならマリちゃんに会いたい。けれども朗読の間は探す余裕《よゆう》がなく、終わってからは席を立つ人がいる。たちまち視界が遮《さえぎ》られる。顔はうろ覚えで、同年代の女の子という手がかりしかない。

手紙の内容は、数日前にビトさんから聞いていた。

便せんにあったのは「とてもなつかしいです」「お会いできる日を楽しみにしています」という言葉と、手描《てが》きのイラストだったそうだ。

イラストにはかつての読み聞かせ会で取りあげられた本、その登場人物たちが、ひと目でわかるように描かれていたらしい。同封されていたもう一枚では『十四ひきのシリーズ』と『ねずみの嫁入《よめい》り』、両方のねずみが森の中でお弁当を食べていたという。

野々香はそれを聞き、マリちゃんの思いを痛いほどに感じた。伝えたい気持ちが一本一本の線に込められていただろう。

今日は来ていたような気がする。ビトさんの朗読を聞きたいはずだ。野々香たちと同じところで目を潤《うる》ませたのではないか。ひょっとしたら、向こうはこちらに気づいたかもしれない。

けれど閉会を見とどけ、誰に声をかけるでもなく、すみやかに立ち去ったとしたら、いかにもマリちゃんっぽい。

そっとしておこう。その方が良いことが、世の中にはいろいろあるようだ。

「次は君たちのイベントだね」

ビトさんがにやりと笑った。

「プレッシャーかけないでくださいよ」

「ドキドキしてくる」

読み手に立候補した生徒は今から冷や汗《あせ》だ。

第一小学校の一年生は現在三クラス。生徒数は各クラス三十人前後。中学生は三つのチームに分かれ、長めの話を担当するメインと短い話のサブを組み合わせ、複数の話を披露することになった。

メインにはそれぞれ、英語スピーチの男子、演劇部の女子、そして野々香がつく。サブならばやってもいいという子が現れたり、友だちを誘ったりして、なんとか形になった。

野々香のサブはルナと浩一だ。秀臣は図書委員長なので当日は読み聞かせだけでなく、ビブリオバトルにも顔を出す。

本もプランも着々と決まりつつあった。野々香は村上《むらかみ》しいこさんの人気作から、『ストーブのふゆやすみ』を選んだ。目と鼻と口がついてしゃべるストーブが、けんいち一家とスキー旅行に出かける話だ。関西弁はむずかしいが、慣れてくるとテンポが自然と取れて楽しい。

ルナはさんざん迷って内田麟太郎《うちだりんたろう》さんの『ともだちや』に決めた。キツネが一時間百円の「ともだちや」という商売を始める話だ。ユニークな発想でまさに摑《つか》みはOK。思いがけない落ちが待ち受けている。

浩一は『さんまいのおふだ』を選んだ。和尚《おしょう》さん、小僧《こぞう》さん、やまんばと、セリフを演じ分けなければならないが、ビトさんに「話の面白さが助けてくれるよ」と言われ、頑張るらしい。

本番の一週間前になると、中学校の校内でリハーサルが行われた。ビブリオバトルもやるので、当日本番を見られないものも先取りできる。サポート役も入れると、参加人数はビブリオの方が多い。

野々香たちは客席に座り、歓声と拍手を惜《お》しみなく送った。まとまりの悪いグループもあるが、ぴしっと決めたグループを目の当《ま》たりにして刺激《しげき》を受けている。

お次は読み聞かせ会の番だ。小学一年生相手の語りを中学生に披露するのは微妙《びみょう》だが、度胸試《だめ》しになると演劇部女子にはっぱをかけられた。

ルナと浩一が見た目にわかるほど緊張《きんちょう》しながらも、しっかり読み終える。温かな励ましの拍手が起きた。話の面白さはわかってもらえたようだ。ここがとても肝心《かんじん》。

ふたりとすれちがい、野々香は教壇《きょうだん》に立った。教室の椅子《いす》はほとんど埋《う》まっていた。誰かと目が合ってしまうのがこわくて、顔がなかなか上げられない。多くの耳が自分の声をまっていることにもたじろぐ。

頼《たよ》りになるのは手の中の本だけだ。ぎごちない手つきで持ち直し、表紙を見て、あっと思う。力強いタッチの絵に励まされる。一緒に行こうよと、話しかけられているようだ。みんなも連れて行こうよ。

どこへって、それは本の中の世界だ。いつもはひとり。それも楽しい。面白い。でも今日は目の前の人たちを誘う。手招きして連れて行く。同じセリフを同じテンポで味わい、想像力をかき立てられ、驚いたり、とまどったり、悲しんだり、喜んだりを分かち合おう。

メインは分量的に長くなるのでリハーサルでは途中《とちゅう》までと言われていた。付箋《ふせん》をつけたところまで来たので読むのを止めると、あちこちから「えーっ」と声が上がった。

それからどうなるの、続きが気になると言われ、ごめんねと頭を下げる。

「自分で読んで。面白いから」

またしても「えーっ」という声。

「だったら小学校まで聞きに来て」

「いいの？」

「いいよ」

そんなやりとりをしながら引っ込むと、秀臣が立っていた。にやにや笑っている。

「おまえってさ、ほんとうに楽しそうに読むよな」

「そうだった？」

うなずかれて野々香も笑った。

「しんみりした話はしんみり読むよ」

「まだやるの？」

あきれたように言われたが、腹は立たなかった。秀臣の偉《えら》そうなところにも自信家なところにも面《つら》の皮の厚さにもデリカシーのなさにも、いつの間にか慣れてしまったのだろうか。

鈍感《どんかん》になってはダメだ。反省し、ちょっと聞いてみた。

「そういえば読み聞かせを嫌っていたでしょ。一番いやな思い出の本って何？」

秀臣はほんの少し首を傾けてから言った。

「『泣いた赤鬼』」

「あれか。あれはきついね。まずい。厳しすぎる」

手放しに泣かずにいられなかったのはよくわかる。小さい頃、自分も泣いた。できることならば四つか五つくらいの、生意気で勝ち気でかわいげのない、こまっしゃくれた坊《ぼう》やの頭をなでてやりたいと思った。

「野々香、なに笑っているの」

ルカがじゃれるようにくっついてくる。

「読んでるうちに落ち着いてきた。ちょっと安心」

がちがちに緊張していた浩一は少し自信を持てたらしい。

「みんな、ここで気を緩《ゆる》めず、当日まで精進《しょうじん》を欠かさないようにな」

秀臣の言葉に、野々香たちだけでなく、居合わせた参加者から非難の声があがった。偉《えら》そう、なにさま、自分もやれ、などなど噛みつかれながらもけろりとしているのが秀臣だ。付き合いきれないやつだが、いつか泣かせてやろうか。うんとうまい読み聞かせを披露して。

思いついたとたん、にやついてしまい、ルナが不思議そうな顔で首を傾《かし》げた。

一週間後の水曜日、昼食をすませてすぐ、引率《いんそつ》の先生のもとに集まり野々香たちは第一小学校へと出発した。応援《おうえん》でも暇《ひま》つぶしでも好奇心でもいいからと、あらためてサポーター募集を呼びかけたところ、当日は四十人弱が集まった。

小学校では校長先生が先頭に立ち出迎えてくれた。打ち合わせ通りに各教室へと向かう。ビブリオバトルのメンバーは三階の六年一組へ。読み聞かせ会は一階の一年一組から三組へ。

野々香は三組だった。ルナと浩一の他、図書委員とそれ以外のサポーターの七人がいる。一緒に教室に入ってくれた。

そこでもにぎやかな歓待《かんたい》を受けた。担任の先生から中学生のお兄さん、お姉さんたち、という言い方をされる。一年生は思ったよりずっと小さく、たしかに彼らにとって自分たちはとても年の離れたお兄さんお姉さんなのだろう。

けれどその頃のことは覚えている。ほんの数年だ。あっという間に中学生になり、読み聞かせをする側にまわった。嘘《うそ》みたい。ついこの前までそこに座っていたのに。一年生たちの間に、かつての自分をみつけてしまいそうでドキドキする。

黒板には「ようこそ　三組へ」とあり、まわりに本のキャラクターが描かれていた。ゾロリやそらまめくん、ムーミン、バムとケロ、だるまちゃん。野々香がひとつずつ名前を言い当てると、かわいい歓声が上がる。大丈夫。いくつになっても本は一緒に楽しめる。

歓声にのって、浩一がトップバッターで教壇に立った。最初は硬《かた》かったけれど、次第にほぐれてきて、聞く方もリラックスできる。和尚さんのとぼけた味わい、小僧さんのはらはらドキドキ、やまんばの迫力《はくりょく》。ちゃんと表現できている。

本を閉じると拍手が起き、子どもたちが口々に感想を言う。鎮《しず》まったところで教室の後ろから、おもむろにルナが声を上げた。その場で読み始める。

「えー、ともだちやです。ともだちはいりませんか。さびしいひとはいませんか。ともだち、いちじかんひゃくえん。ともだち、にじかんにひゃくえん」

挿絵《さしえ》と同じ「ともだちや」というのぼりを背中につけている。サポート役が手にしているのは、これも挿絵と同じ提灯《ちょうちん》だ。どちらも手作り。

真ん中の通路を歩き、前まで来たところで教壇には立たず、子どもたちのそばで最後まで読み通した。

笑い声が何度も起きる楽しい時間だった。

そして野々香の番になった。先週のリハーサル同様、本の表紙に励まされ、背中を押《お》される。

「それでは私は、村上しいこさんの人気シリーズを読ませてもらいます。みんな、読んだことはあるかな」

いろんな声が返ってくる。表紙を見せると前の席の子は身を乗り出し、後ろの席の子は立ち上がる。退屈そうにしている子も、となりの子とおしゃべりしている子もいる。本が好きな子もそうでない子もいるだろう。

でも今日は精一杯、手招きしてみよう。ひとりずつに話しかける気持ちで、ゆっくり教室を見まわした。

いつの間にかビトさんと秀臣も来ていた。ふたりにも届くだろうか。届けたい。受け取ってほしい。

作者の生み出した物語に多くの人が関わり、一冊の本になり、今、手の中にある。

自分もいつか、物語に関わるひとりになりたい。

野々香はお話の一行目を声に出して読む。

教室の中のたくさんの一年生、中学生、大人たちと共に、さあ、行こう。

解説　だいじな本をみつけたい

令丈《れいじょう》ヒロ子《こ》
（児童書作家）

このお話を読み始めて、私はあっという間に本好きだった中学生の頃に、引き戻されてしまいました。

だって、あまりにも「本好き中学生あるある」に満ち満ちているのですから。

――いきつけの地元書店に通いつめ、一歩店内に入ると「帰ってきた」ような気になるぐらい、店になじんでいたこと。もちろん店内のMAPはすべて頭に入ってます。

――うんちく野郎、分析派《ぶんせきは》とは気が合わなかったこと。ましてやひいきの作家の作品を、わかったような顔で批評《ひひょう》されたりしようものなら、たちどころに戦闘態勢《たいせい》になったこと。

――「中学生なのに、こんな本読んでるの？」とは絶対に言われたくなかったこと。

それが、「まだこんな本を?」でも、「もうこんな本を?」であっても。(さらに言うなら「女の子なのにこんな本を?」も含む)

——文芸・純文学びいき派vs.エンタメ大好き派問題の萌芽《ほうが》。(この件は簡単ではなく、大人になっても解決せず、さらに複雑化。かなりこじれていきます……。)

大崎梢さんは本当に、そのへんがもう、本当に「わかって」いらっしゃる。

大好きな作家の、まだ出ていないはずの新刊が、学校にぽつんと置いてあるのを見つけたら。

そしてそれがすぐに消えてしまったら。

そんなことがあったら、本好き中学生にとって大大大事件で、なによりもわくわくどきどきする謎の始まりです。

同時に元本好き中学生だった大人の読者にとっても、心躍《おど》る導入です。

そんな導入部に続き、本好きの心をまどわせるような謎がどんどん繰り出されていきます。一つ答えをみつけたらまた新しい、魅力的な本がらみの謎が生まれるのです。

そして謎に疲れたころを見計らったように、本好きさんたちの夢をかなえる素敵なシーンが、オアシス的に現れるという、一種ファンタジーのようなしくみ。

気が付いたら読者はもう「大崎梢・本好きさんファンタジー&ミステリー国」からぬけだせない状況になっているのです。

本好きの甘い夢（解説から先に読まれる方もいるかもですので、ネタバレになることはあまり書けないんですが。個人的には「あこがれの作家がこんなに身近に！」が、「メガネを取ったらハンサムだった」パターンぐらい大好きでした。小学生、中学生のときに、どれだけこの二つの妄想をからませ、ふくらませたか！　おおっと、話がそれました。）を形にしてくれるとはいうものの、大崎梢さんの描く世界はすみずみまでリアルで、現実的です。

このお話は、もともと朝日中学生ウイークリーに連載されていたそうで、読者である中学生向けに楽しく、読みやすく読めるよう、いろいろ工夫されています。

読み手だけでなく、書店員、作家、図書館司書《ししょ》、読み聞かせボランティア……本にかかわるいろんな人たちの本に対する愛情、喜び、その立場のむずかしさ、厳しさ、そして切なさまで、年少の読者にも伝わる形でしっかり描かれています。

そういう現実に根をはった、厚い描き方がされているからこそ、「本好きさんファンタジー」の部分がいっそう際立《きわだ》つのですね。

「本は、その人の一番やわらかな部分と結びついている。傷つきやすい無防備《むぼうび》な部分だ。弱味であるのかもしれない。隠しているのが一番安全。」

大崎さん、かっこいいー！　と、歓声をあげそうになる、名調子でありますが、まさにその通り。

本好きの本質、難しいところ、切なくて、悲しみすら湧《わ》いてくる一節です。

この部分だけ読んでも、含蓄《がんちく》があり、いろいろ考えさせられるのですが。

実はこれが大きなキーワードになり、主人公が、お話の中の最大の謎を解くきっかけにもなります。

そして……。

どこまで本好き中学生たちの夢をかなえるんだという素敵なラストが待っています。

読後、改めてタイトルを見ると「だいじな本のみつけ方」という言葉が、じーんと胸の奥にしみてきます。

あなたにとって、「だいじな本」とは、なんですか？

作者にそう問われているような気がします。

――あなたにとって、「だいじな本」は、どの本ですか？

――その本に出会ったときのことをおぼえていますか？

――どんなふうに夢中になりましたか？

そのころのあなたは、どんな人でしたか？

読んでいた、そのときの風景はどんな感じでしたか？

――後で、その本のことを思い出しましたね。

なにがきっかけで、その本のどんなところを思い出しましたか？

――その本を読んで、あなたはどこか変わりましたか？　変わったとしたら、どんなところが？


だいじな本は、心から消えませんね。

忙しさにまぎれ、日々の感情に塗《ぬ》りつぶされ、見えなくなったり、忘れているときはあっても、消えないで、読んだその人とずっといっしょにいる。

特に若いとき、幼いときに「だいじな本」と出会うということは、血管が何本か増えるようなものだと思います。

新しい考え方、ものの見方、感じ方を読んだ人の体の中に取り入れ、枝を伸ばし、循環《じゅんかん》させ、いっしょに大人になっていく。

大人になったら、そうのびやかになれませんし、新しい考え方やものの見方もすぐには受け入れられません。

ときにはその新しさに傷つき、自分の今までの人生を否定されたような気持ちになり、「こういうものはダメだ。」と拒絶《きょぜつ》してしまうこともあります。

それに高齢になると、健康上の問題で、長時間、本を読むことが難しくなったりもします。

でも、それだけに「あ、そうだった。こういうときめきが、あったな」とか、「ああっ。こういうとらえ方があるのか！」と感じる本に出会えた瞬間の喜びは、砂漠《さばく》で出会う澄《す》んだ水源《すいげん》のように貴重です。

いくつになっても、だいじな本をみつけたいと思いますし、その気持ちを無くしたくないな、とも思います。

そこでこの本。

物語の中にたくさん、どうしたら自分にとってだいじな本がみつかるのか、そのヒントになること……がちりばめられています。

まさにタイトルの通りですね。

そしてそれは、もう一つのお話のタイトル通り、「だいじな未来のみつけ方」でもあるのです。

「一冊の本を巡《めぐ》り、夢中で走りまわり、いろんな人と言葉を交わし、笑ったり悩んだりしてきた。これからもみつけたい。出会いたい。だいじな本に。人に。」

年齢問わず、すべての本好きの人の望む人生を、大崎さんがこの短い数行の中に凝《ぎょう》縮《しゅく》して語ってくださったように思います。

○初出

だいじな本のみつけ方

「朝日中学生ウイークリー」二〇一三年四月七日号〜九月二十九日号

(『だいじな本のみつけかた』改題)

だいじな未来のみつけ方

単行本時書下ろし

○単行本

二〇一四年十月　光文社刊

光文社文庫

だいじな本《ほん》のみつけ方《かた》
著 者　大《おお》崎《さき》 梢《こずえ》

2017年4月20日　初版1刷発行

発行者　鈴木広和
印　刷　萩原印刷
製　本　榎本製本

発行所　株式会社 光文社
〒112-8011　東京都文京区音羽1-16-6
電話 (03)5395-8149　編集部
8116　書籍販売部
8125　業務部

ISBN978-4-334-77452-3　Printed in Japan

組版　萩原印刷